字母會 J賭局

L'abécédaire de la littérature

J comme Jeu

L'abécédaire de la littérature:
J comme Jeu

目次

字母會 J 賭局

楊凱麟

J如同「賭局」

J comme Jeu

什麼是一盤「理想的賭局」？

巴斯卡提出著名的答覆：關於神存不存在之賭，下注神存在的人逢賭必贏，因為「贏的話全贏，輸的話什麼都沒輸」。但這不是賭，而是對偶然的否定。相對於此，波赫士提出了無限賭局，「巴比倫無非是偶然的無限賭局」，於是有各種合理與不合理規則的無限發明與更替；尼采主張賭局的永恆回歸，但不需無限次下注而是「一次為了所有次」，把所有的偶然都貫注到這唯一一次；對馬拉美而言，他終其一生構思的書就是「骰子一擲絕消弭不了偶然」的宇宙。

一心想作弊與出老千的人不算真正的賭徒，因為理想的賭局在於絕對地肯定偶然，不管一次或無限多次，在這裡或是在整個宇宙。贏家不是不輸的人，而是懂得如何肯定與繁衍偶然，換言之，懂得玩（且真的玩）的人。

不管是原則的無限增生（波赫士與萊布尼茲）或原則的絕對缺席（尼采與馬拉美），在理想的賭局裡都不遵循任何預先存在的原則，每一把骰子都是為了重置與篡奪既有的原則而擲出。差別在於，波赫士在無限的賭桌上決勝負，尼采則在永恆的一擲中一翻兩瞪眼。值得注意的是，無限次下注並不需永恆的時間，因為時間可以無限切割，一瞬就可以無限；暴烈一擲亦不會隨風消逝，因為僅此一擲已含納了時間中每一擲的偶然。

理想的賭局不是或然率的問題，對可能性的各種猜測都是不夠相信偶然與不夠相信它抹除原則的力量。因為賭局的莊家不是任何人，亦不是理性或神，而是摧毀一切秩序的混沌。

相反於或然率，理想的賭局是各種「不共可能」（incompossibles）的盛大遊行：如果事件A與事件B都是可能的，但如果A發生了B便不可能發生（亞當犯罪，但凱薩未被謀殺……），那麼這兩件事在我們的世界便「不共可能」。然而，理想的賭局（在其無限的原則增生或在其永恆的一擲中）總是牽引積聚著不共可能的事件，如同遍地開花的偶然與意外，原本距離最遙遠的在「比可思考的連續時間最小值更小」的瞬間成為最迫近的，原本時間最漫長的在「比可思考的連續時間最大值更大」的永恆中竟爾系列發生；比最遙遠更遠與比最深邃更深，或者，為了抵達後者而繞經前者，製作一個不共可能的遍歷，或是把前者置入後者之中，形成一個不共可能的「域內」，一個思想與創作可以生養其間的特異時空團塊。

德勒茲說：「肯定所有偶然，使偶然成為肯定的對象……這賭局只在思想之中，而且沒有藝術作品之外的結果。」其實，理想的賭局就是虛構，虛構及其所創造的……

字母會

黃崇凱

賭局

J

賭局

Jeu

自從上次ＯＢ會後，我路過夾娃娃機臺常會掏掏口袋，如果摸出十元硬幣就玩一下。最近一年，夾娃娃店暴長蔓生在大小城鎮角落。路邊空店面再開的時候，總被一臺臺明亮熾白的夾娃娃機填滿，ＬＥＤ跑馬燈炫彩線條或字幕旋轉在機身顯示版，伴隨循環播放的刺耳音效。機臺的透明壓克力櫥櫃大多堆滿絨毛娃娃、卡通抱枕或動漫盜版模型公仔。有些擺著廉價３Ｃ產品，如藍牙喇叭、耳機、行動電源、迷你風扇或行車記錄器。有的不過是一些iPhone形狀的掌上型玩具或Apple Watch長相的電子錶。大部分的店家機臺內容物都差不多，像是從一樣的批發商批來的便宜貨。看起來不算特別能引起人的消費衝動。

把同學聚會取名ＯＢ會（Old Boys會）的馬三說，這你就不懂了。以前都要店家自己來，機臺要買要租，一家店光是店租、禮品的固定成本要打平就很拚，要賺摳摳，也只有少少的一兩萬。現在的經營模式是這樣：租店面、租機臺，然後再招募機臺主轉租出去，一臺收月費四、五千，二十臺你每月能收到八萬、十萬。扣掉店租、電費、維護費，你說這種生意大家怎麼不做。時機歹，不景氣，大家拿得出來的摳摳不多，一個月四千不算重。這就是經營模式的創新啦。我們在鬼島賺吃，免肖想技術創新，想想怎麼從老東西玩出新花樣才混得下去。不然夾娃娃機存在二十年了，怎會最近爆紅？一定有它的道理嘛對不對。

我們幾個同學在街邊飲料店騎樓的座位區續攤，過路車輛轟轟呼嘯，馬三更樂於高聲大論。他皺著臉頰吸了口翡翠檸檬，我再說一個給你們參考看看。外面不是很多扭蛋機？扭一次要五、六十塊，你會拿到一個小小的、精緻的模型。通常有一系列模型讓你收集。那種東西就很日本。阿本仔就喜歡把所有東西都縮得小小的，很迷你就很可愛，大家看到都會說卡哇伊捏。但你要把東西縮小，就需要技術。日本那麼多東西可以縮小，什麼鋼彈、小丸子、海賊王、哆啦A夢就不用說了，還有專門的玩具設計師設計貓貓狗狗之類的動物，我們有什麼？我們只會代工，偷人家的模具、偷人家的技術、抄人家的動漫角色，我們根本沒才調開發自己的東西。所以夾娃娃機才能代表我們的文化。你玩一次十元，帶點運氣和賭博的成分，然後花幾十塊、幾百塊夾到的是中國代工廠製造的盜版爛玩偶。重點不是夾到的東西好不好、是不是正版。而是那種以小博大，貪小便宜的心態。你創造一種十元硬幣的幻覺。一種十元對應到那麼多價值超過十元很多很多的禮物。他們不會去想那禮物真正的價值和實用性，他們就是單純被那種巨大的差距吸引。就算你在機臺上面貼「一千五保證取物」，也真的有頭殼壞去的人餵那麼多錢到投幣口。

馬三那套臺灣人夾娃娃行為敘事分析，說得我們一票OB會高中同學有如親聆宗師開示。我早早喝完鮮奶茶，一邊看手機小說一邊聽他們漫天亂聊。馬三大學畢業後，常常換工作，賣過房子，也賣過靈骨塔，號稱陰陽宅買賣雙修。有陣子做旅行社業務，後來又跑去賣馬桶。他跟妹妹合夥開過早餐店，加盟過手搖飲料店，好像總在把這邊辛苦賺來的收入轉投到另一行博機會。在我們年屆四十的此時，總在歸零的馬三似乎還沒玩夠這種挪來移去的金錢遊戲，最新精神寄託就是夾娃娃機。對於即將開張的夾娃娃店，馬三優惠老同學，開放認領機臺，月繳三千八就好（要他準備禮品的話就算四千五），免押金，三個月結一次，保證回收後再分紅。同學們都跟他認領，我也參了一臺。

起初的三個月，收入不錯，馬三說每臺機子上看一萬不是問題，又不用人事成本，二十四小時全天開放，有時一天要補好幾次兌幣機呢。不過業績曲線隨著時間拉長，逐漸跌到平均每臺收入不到五千，有些獎品差一點的機臺，連達到兩、三千都很拚。有些同學退出了，馬三繼續招募新機主，要我有機會轉介朋友來租。他說，貓仔，你找到的人，每臺給你抽五百。我心想，這不就是老鼠會模式嗎，下線愈多，上線愈賺，下面的在拚命，上面的在爽。我虛應馬三，有機會就幫忙介紹。他補充，我坦白說，這間店就你那臺機子最賺，到現在每個月都還有一萬以上，不少人專門來排你這臺。我說廢話，我的東西一看就比較好啊，平平攏1TB行動硬碟，我放的是Toshiba捏，大家手機拿出來隨時都嘛會比價。每個月買獎品的錢扣一扣，賺無啥物啦。為這幾千元，我還得走撞款物仔。講輕可賺，哪有影。我看你自己換好一點的獎品卡實在啦。馬三臉凍聽我說完，點點頭，拍拍肩，好啦有機會幫我介紹人喔給你抽。先來走。我從門邊看他開著寶貝的酒紅色馬三，叼著菸，駛離我工作室。他從以前就這樣，你不順他意、質疑他，他就面孔繃緊，藉機閃人。其實店的生意掉，也不能怪他。他不過跟大家一窩蜂，只要去馬三開店的那條街就知道，不到五十公尺有三家夾娃娃店，其中一家號稱「蝦拼摸」現場擺了五十臺大小機子，還有特別訂做的超大尺寸抱枕機組，弄得跟速食店兒童遊樂區一樣大。另一家是有人店，常常做週末促銷活動，限定時段保夾，噱頭不少，店外總有好幾個排隊等入場。跟別家比起來，馬三的店真是一碗陽春麵，生意不落也難。連我去這兩家玩過，都覺得到馬三那邊玩夾娃娃有點寒酸，機臺發出的光線跟擺在櫥窗裡的獎品也顯得黯淡。要說空虛寂寞，沒有什麼場景比得上三十臺夾娃娃機（是的，馬三想衝量補業績，又搞十臺來放），不斷反覆回放智障音效，閃閃爍爍的特效雷射光彼此映照，卻沒有一個人在玩。

一年租約不到，馬三退掉店面、退回所有機臺，說是得再想想其他門路，不然連他那輛馬三的貸款都賺不到。我跟他要了機臺廠商的電話，弄了一臺擺在工作室騎樓。本來放著好玩，結果我工作室姊妹和隔壁間的小姐們都來玩，有時也有些路過客。大我幾歲的小可跟我說，獎品不錯捏，滿實用的喔。我說拜託，我頭家捏，動頭殼是應該的，咱要想點新步數，不然怎麼拚得過那些越南店。結果夾娃娃機愈演愈烈，弄得我天天找錢換硬幣，三天兩頭忙補貨，連管區都來關切了。那天早上，管區駕車巡邏路過，要我出去聊聊。我打菸請他，我們站在騎樓的機臺旁，陽光正好，附近第二期稻綠油油，視線開闊。他呼了口煙，夾菸的手指指機臺，聽說最近這臺足慶，蓋濟人來玩？我答攏迌迌物仔，沒啥啦。不是吧，我看裡面有KY，有Sakku，擱有幾支按摩棒。真正沒問題？我看你稍節一下。這條街做什麼生意你瞭解，人若太濟，咱攏有麻煩。我只能滿口答應。管區走了以後，我拿鑰匙打開壓克力櫥窗，拿掉有爭議的實用品，剩下那些不痛不癢的絨毛玩偶、公仔、藍牙喇叭、耳機之類的常見獎品。留給我這家工作室的老媽臨終前交代，要我好好對待來打工的姊妹，要聽管區的話，人家說什麼規矩就乖乖遵守，每個月自動扣除的保險費都不要變動，至少保庇十年。之後就看我自己的造化發展了。

晚上琳達問我，機仔內面怎麼實用的東西都不見了。我說這陣太多人來玩，會有麻煩，先拿起來了。唉唷，卡早我男朋友叫我夾娃娃也是這樣講。她笑出聲來。琳達不愧她的英文名，奶有影大，隨著她身軀，笑得一顫一抖的。她點了根黑豆仔，煙霧從她豔紅的唇湧出，接著說，你古意捏，重點不要擺出來就好啦，那些實用的只要寫字條蓋印仔，憑券跟你換不就OK啊。後來幾天，我找了一堆鑰匙圈布娃娃，把寫好的優惠券、獎品券一一放到拉鍊口袋，填滿機臺櫥窗。當我裝置完畢，看著黃昏漸暗的晚霞，襯托白亮的夾娃娃機，突然會想說自己到底在幹嘛，變東變西，創這又麻煩又賺毋成物。

有天早上馬三來找。一見面他就說，毋成猴，不錯喔。他摸摸機臺窗面，表示聽說裡面有什麼special了。馬三扶著機臺幽幽說，之前趕緊退掉機臺和店面是有苦衷的。幾個同學退出後，他招到一個機臺主，每星期都來補貨，但那些獎品不過是普通寶可夢布娃娃，做工不特別好，很多縫線也沒對準。不久後，警察找上門，拿著幾隻跟那機臺裡類似的娃娃，說是內面夾藏一些違禁品，會有問題。他搞不清楚警察是想要零用錢，還是要抓人。他給了機臺主的聯絡電話，再沒見過那人。我問，那機臺裡的娃娃呢，不看看到底是什麼嗎？馬三說，隔了兩星期，不見人來補貨，但娃娃沒什麼減少，還有半滿。照說，他不該未經機臺主同意就開箱，但事有蹊蹺，躺在床上想來想去，還是檢查一下比較保險。結果隔天早上他到店裡，那機臺的娃娃全都沒了。

全部被幹走？

馬三點點頭。全部。沒破壞痕跡，整臺乾淨溜溜。我調出監視器錄影來看，是兩個穿帽T的少年仔，照規矩投幣，以神人般的技巧，一次抓好幾隻，不到十分鐘就清空機臺離開。你要是看到錄影就知道我在說什麼。那影片要是放上網，觀看次數絕對幾萬起跳。簡直夾娃娃教學百科，轉搖桿、甩夾子、計算娃娃落下角度彈跳、讓娃娃用滾的、用推的掉進洞口，什麼都會。監視器當然沒拍到正面，應該是行家。那之後我就想，煞煞去啦，了寡錢關店，省得日後出什麼問題，無法收山。

他說，最近考慮開冰店，目前跟他妹還在研發配方，為了這個特地去臺南考察。他督了手機過來，要我看看上頭的照片。說明如下：你看，要給人拍這種美美的照片貼出來，才會有擴散效果。到時開店前我就找一些ＩＧ網美阿妹仔，免費請她們來吃，一次就幾千幾萬人看到，光打這些廣告就飽了。若有一千人追蹤帳號，至少會排隊一個月喔。啥款，貓仔要插一股嗎？

我就知道。多年來馬三做過的生意我或多或少都幫，看在同學分上，真的拒絕也尷尬，只好意思意思出一點。那些就連投資都算不上。所謂投資，至少知道怎麼計算風險。馬三的事業風險，永遠難以預測。幸好他底不厚，輸贏大不到哪。我難免擔憂工作室不知能維持多久，這排十九間，以前有編號，定期健檢，人客小姐都安心，後來還不是說變就變。馬三笑嘻嘻，不會讓你了了去啦。你同款寫你的文章，沒事我不會來煩你。

下午三、四點，博士來了。她丟了張兌換券過來，拍著桌面，問我什麼意思。我看看兌換券，就字面的意思啊。恁娘卡好，哪來的跳蛋啦。我道歉，跟她說拍謝，最近工作室有點新嘗試，沒通知到每個姊妹是我的錯。博士一向寒暑假來打工兩個月，今年提早來，還來不及溝通。她說，十五分鐘一千二算全臺通用價，還不算前後洗澡時間，就算客人想玩點別的，也沒那麼多美國時間嘛。我們的分歧就是資方跟勞方的差異，你從老闆角度來看，要有變化要吸引客人消費；我從勞工角度只覺得恁祖媽想趕緊かんじょう，早點打完收工，拚翻床率啊。我說這裡庄腳所在，我們的客群就是基層民眾，附近鄉鎮的叔仔、伯仔，還有那些做兵的。沒可能每天拚翻床率啦。增加一點工作趣味不是不錯嘛。博士怒了，你今麼說工作趣味？這種工作哪有可能有趣味，賺皮肉錢爾爾，老了就沒人要，跟職業球員一樣，你竟然敢說工作趣味？不然給你躺在床上插著跳蛋服侍客人好否？勞工意識就是給你這種頭家破壞了了。

我們直到五點都沒再說話，等其他姊妹來，準備妝容時，她們才在客廳聊起來。四十二吋大螢幕放著她們追看的韓劇，忙的時候，時常卡在同一集反覆看。這個姊妹上工，那個姊妹下工，有時這個倒帶、那個快轉，結果一集都看不完。我通常待在樓上的書房，開著電腦螢幕的出入口監視畫面，分心地讀書、逛網站。應該是福克納說的吧，說什麼作家最好住在妓院，早上的寧靜可以專心寫作，晚上的熱鬧可以接觸人群。經過我實際體驗，只能說他老人家想得太美。自從我接了工作室，先是瞭解 active roster 大名單，花錢送她們做健檢，還保證提供工傷醫美治療。只要是工作場合受傷染病，我絕對負責。結果三號厝那邊有個小姐想跳槽到我這邊，刻意隱瞞她的人造奶走山（據說是被客人揉得太誇張），圖的就是我支援的醫美福利。後來我花了好大工夫，才跟其他老闆談好，每隔一段時間讓小姐們做檢查，保護她們的身體就是維護我們的資產嘛，何況健檢團體價還可以談折扣。

工作室每月固定開銷，扣除水電費、修繕支出、消耗品費用，跟姊妹們三七分，哩哩扣扣算下來，真是賺不了多少，頂多就夠我保持收支黑字一點點，餓不死。工作室不可能擴大規模（沒資金），也不可能聯合其他家搞文創園區招商（不合法）。所以我每次都盼望馬三真的能成功，幫我多掛一道保證。我曾以為最划算的辦法是參加文學獎比賽。想當初，我偶然發現全臺各縣市含離島都有舉辦文學獎，有如撞見提款機一樣興奮。只要破解密碼，增加業外收入不是夢。我從鄰近鄉鎮的圖書館找來一堆文學獎作品集，研究寫哪些東西能得獎。看來看去，主題不外乎兒時記趣、青春成長、家庭親情，不然就是某某人死了的傷悼文章。經我歸納整理，故事有頭有尾寫出來，文字修飾一下，大概不會差到哪去。我投出的第一篇散文（其實是小說），就是工作室某姊妹的真實生命故事，結果得了佳作。五千塊獎金我就拿出來請她們吃飯，以為自己找到得獎公式，接下來就簡單了。之後卻槓龜連連，幾年下來，這條路眼看是行不通了，或許我沒有才華吧。不過這幾年因為要寫東西，不知不覺買了不少書，就連博士都好奇我怎麼會無端讀起白先勇。

凌晨一點多，博士打來要我下樓。她跟琳達大概又吵架了。不用猜也知道是博士嫌琳達做櫃檯手腳不乾淨。為了避免客人一進門就看到我壓力太大，我讓姊妹們輪流值班做櫃檯，收錢、記錄當日業績，最後在凌晨四點打烊由我統一發放當日薪資。博士寒暑假才來短期打工，自然跟其他姊妹不親，說白了琳達就是頭腦沒那麼好，常常記錯算錯，其他人好聲好氣說沒事，博士則是說一不二，而且有點受不了笨人。博士一見我，指指放在櫃檯內側的按摩棒。她說，喂，你要玩這些花招，家私也要做好清潔工作吧？你外面放那臺夾娃娃機，有好幾個客人來夾到「按摩棒棒樂」優惠券，你這裡只有三支，小可用完根本來不及洗就直接拿到我那間，有夠髒的。要不也規定要戴套子吧。你不是很重視員工健康嗎？怎麼會出這種包？

好不容易安撫博士和其他姊妹，發完薪水，整理完一樓各間房和客廳，已經快早上六點。正要推門出外吃早餐時，決定乾脆把機臺裡的娃娃都拿起來，折回櫃檯拿機臺鑰匙。我食指甩著鑰匙圈，踱到門外，走向貼著騎樓的機臺。機身裝飾燈光被陽光吃掉，細微的音效射入空曠早晨，我記得裡面有十幾張來客三百元折價券、幾張來店免費大獎、十幾張指定玩具使用券、幾張角色扮演券、二十幾張實用小物禮品券。但櫥窗裡面，只剩下機械爪子靜靜懸掛，閃閃發亮。

字母會

賭局

陳雪

J

賭局

Jeu

Michelle進入聊天室。
深深深藍進入聊天室。刀劍哥哥進入聊天室。屌大人帥進入聊天室。
安安安安，你好，幾歲啊？
我住桃園單身36歲可以聊嗎？高重？
現約？愛愛可。有車。
安安美女，175/68，人帥有車。內湖現約。
安，可以買嗎？
密，訪客，板橋不錯看見：安，你一定很漂亮。
訪客櫻花吹雪對高級會員嬰兒肥不是我的錯說：只要男人做了對不起我的事，一定跟他分。
小辣椒登入聊天室。一夜溫柔進入聊天室。終極快感進入聊天室。
安安安安。
網路覓真情，盡在尋夢園。

記憶清楚映現，那天，猶有寒意的春日傍晚，陽光逐漸收斂退入雲堆，晚霞斜照，景物曬成金黃，她於南下通勤電車墨綠色人造皮橫向兩排對看的長條座，車行顛簸，匡匡噹噹搖晃到中部。鄰座母子三人吃著臺鐵便當，小姊弟搶排骨，嬰孩啼哭。車廂頂的日光燈因故障而明滅不定，於白日裡增添光影搖曳。窗玻璃外是傍晚的小鎮風光，軌道邊的防風林，一棟一棟模樣相似如連續圖畫的透天厝，毫無裝飾水泥外牆，頂樓晾曬的花色衣裳。鐵軌、鐵道、公路無限延長。老婦人、水牛、腳踏車。她緊抓著包包，裡頭的手機發出叮咚響聲。「小娜還有幾站到達？我已經在火車站前，好想見到妳。」簡訊一則。

陌生人在陌生城鎮的火車站等待，後龍鎮，山線某站，聽站名或許是小巧的木造日式車站嗎？像荒廢小鎮僅有的一人車站，站長總是戴著白色帽子。她搖頭自嘲，亂想，又不是拍電影。她捏著車票彷彿捏著一張許可證，這是她見過的第幾個陌生人？數不清楚，她沒計數。可供辨認的是，如今進行的是與以往那種速食麵或快餐車即領即食，用過即丟的一夜情不同，她與這個自稱阿龍的男人已經透過網路與電話聊天多日，這是在網路上認識以來的第五天，才決定見面。五天，在這個朝生暮死的圈子裡算久，這是她進行夜間狩獵活動以來的第三階段了，第一階段是廣泛地學習，不免有錯誤的判斷，第二階段是大規模收集經驗，擴大受測人數。第三階段，不設目標，隨波逐流，全然隨興、隨性、隨幸，她發現比好奇更吸引人的是，可能，危險的可能，一夜浪漫的可能、打槍或被打槍的可能，還有另一種可能她沒設想，戀愛的可能。脫去前期的忐忑、中期的興奮，才三個月不到吧，已經進入老鳥的意興闌珊，阿龍說「我是要交女朋友的」，所以不急著見面，阿龍照三餐給她打電話，有沒有吃飽，天冷要穿衣，他們交換照片，講電話，她編造的身世就是同一版本，只是會隨著交談次數與時間長短而增添內容，這個她擅長，虛構是她的專長。

她處在一種偽造的戀愛狀態，阿龍只是她五天前在聊天室互動的網友之一，在一連串以衛生紙薄網撈魚似的瞎矇瞎撞過程裡，她自稱娜娜或小娜，年齡二十八、身高一五六、體重四十二，這數字使得與她聊天的男人都想進一步約見面，三十分鐘密集訊息互動，經過各種即興、直覺、習慣反應過篩後，餘下的幾位，阿龍的神祕數字則是年齡二十九、身高一七〇、體重七〇，當時就顯得寡言的男子，「你覺得你自己長得好看嗎？」她祭出這張牌，當場過濾掉猶豫不決「呵呵你猜呢」、「見了面就知道啊」語焉不詳或誠實回答「不算特別帥」的幾位，阿龍說：「看了不會讓你失望」，這種有自信男人卻又沒有當場約見的衝動，甚至顯得分外拘謹，換到MSN聊時，阿龍秀了他的大頭照，高額，深眼，目光炯炯如炬，鷹勾鼻，小嘴，只是平凡證件照也看得出長相不俗，即使談吐有某種奇怪的僵硬，這張臉依然使她產生好奇，某一夜MSN聊天，阿龍說：「很想立刻開車上去找妳。」「為什麼不？」她問。「執照被扣，不能上高速。」阿龍回覆。「不乖歐，酒駕好危險！」

娜娜傳訊。「我以前很壞，但是我以後不會了。」阿龍回覆，「真的，我會改過。」語氣之認真使人納悶，「你以前怎樣壞啊？跟娜娜說。」她不知自己哪學來這種口吻，感覺像酒店小姐。「我很壞，做過很多壞事，但我現在都改了。」阿龍繼續懺悔。

如今她即將見到這個所謂的壞孩子阿龍，在這一陌生的中部小站，下車時才發覺車站雖小，下課下班的人潮擁擠，站前是熱鬧的市集。阿龍那張酷似港星不老天王劉某的臉，在人群裡醒目地佇立。

就是那晚，畢竟還是相約了，阿龍說：「但是小娜妳要先有心理準備。」自稱娜娜的女人回答：「準備什麼？」

「我身上有妳看了會害怕的東西。」阿龍打出這段話，不知為何像詩。更像他刻在心上的獨語。這話語裡的孤寂與柔情打動了她，她想跟他見面，無論看到什麼，決心都不害怕。

「那是什麼？可以先給我看看嗎？」她一直想跟阿龍玩MSN視訊，不如就叫他等會把衣服脫了，露出來看看。前三個月的練習中，有個男人始終沒露臉，自稱花蓮人，每次聊天，視訊螢幕上總是掛著他的大屌，總是堅硬勃起，那人曾用直尺親自丈量，二十一公分。網路上的娜娜在MSN裡見過大大小小的陰莖，取代了男人的臉。

「見了面我會讓妳看的，妳要相信我。」阿龍的訊息。

等會就要見到了，那個她猜測可能是刺青、穿孔、打洞，甚或在陰莖入珠，或者幾樣都有。她興奮了起來，這種興奮可能與電影中諸多畫面的連結有關，也可能她就是易於興奮。

阿龍真是阿龍，小平頭，白而窄的臉，高鼻深眼，結實精瘦，穿著業務員的白襯衫、黑西裝褲，皮鞋嶄新好像還會打腳，車子是全新的TOYOTA，她上車，新漆新皮椅的氣味，像剛出廠，或剛送洗，或兩者皆是。

阿龍將車子沿著山路開到一半山腰的觀景庭，俗麗的水泥彩色八角涼亭可俯瞰小鎮夜景，「要吃烤肉嗎？」阿龍問，在涼亭的石桌上擺了兩罐綠茶、豆乾、雞翅、蔥包肉、米血等烤肉串，他們倆於涼亭對坐，她沒吃晚餐，食物來得正好。這氣氛總讓她想起國中或高中的聯誼，甚至阿龍的神情也有一種少年不經事的氣息，但因眼神確實凶惡，令她想起年少時廟埕前的八家將。

阿龍自稱在銀行做信用卡推銷業務，他的穿著也像業務員，他們卻像兩個高中生在約會，清清純純地在山頂看夜景吃串燒，甚至連啤酒也沒喝。「剛出來，不太習慣外面，也沒什麼朋友，小娜，我真的很珍惜妳。」阿龍摟住了她的肩，還沒擁抱她，還沒。

她幾乎是帶著笑意完成這一段對話，「從哪裡出來啊？」明知道阿龍大概所指為何，她繼續扮演天真少女，「監獄」阿龍嚴肅起來，「十四歲關到現在，進入幾次了，以後不會再關進去，我已經學乖了。」阿龍說，像是為了討好她的宣示，也像是真的想通了什麼的自嘲，「以前太愛錢了，人家叫我做什麼都去，賭場圍事，暴力討債，還有一些別的，都是為了錢。」他冷冷地說，彷彿那是一段他人的遭遇。

「我不會再那樣了。」阿龍將她扳過身來，低頭吻了她的嘴唇，只是嘴唇輕靠，輕啄，像是小娜這種乖女孩不能嚇壞她。他又摟緊了她，兩人單薄的衣著，在寒風裡顫抖，彷彿激情燃燒前柴火的碰撞。

車子安靜滑進汽車旅館，都是這樣的，習慣或生疏，幾乎都是一樣的動作，只是沒料到後龍這樣的地方也會有汽車旅館，甚至嶄新而寬敞，他們走下車，上樓，一切順理成章。

這些事都發生過了，不只兩次，而是上百次，發生過上百次的事，會有大量相似與相異，而混雜成一團模糊難辨的記憶，在這個相似的行為裡，這些那些，相同相異，邊邊角角，點點滴滴，像綻了線的毛衣，像未收邊的衣角，或起毛球的舊衣，摩擦著她的記憶，有更多記憶滲透出來。

回憶像毒藥，是慢慢地浸蝕，侵入。

阿龍洗完澡下半身圍著浴巾，上半身赤裸露出了他那不能示人的東西。是正面半身兩整片華麗的蟠龍刺青。我就知道，她幾乎大叫。豔麗的色澤，好漂亮，比她所見過的任何刺青都漂亮。

「是刺青。」她說，「刺青沒關係啊，我不怕。」白色床鋪，鄉下地方的汽車旅館，與城市裡的差不多，總是白色的床，寬大地擺放房內中央，像是要提醒人來此的目的，浴室的牆壁是透明玻璃，撩人情欲。

他們並肩躺下，娜娜身上還穿著無袖連身洋裝，白色小外套，長髮整齊，臉上有淡淡彩妝，「妳好漂亮。」阿龍說，「比我想像還漂亮，」「我很久很久沒有女人了，」他說，聲音恍惚，彷彿正在回想著過去生命裡的女人，「在監獄太久了，是做信用卡的朋友教我上聊天室，說要多交朋友，然後就認識妳了，真幸運，他們說現在的女孩子很亂。」阿龍雙手環抱胸口，又張開，兩臂肌肉線條畢露，胸膛、腹部肌肉結實，「你有六塊肌。」娜娜說，沒有回應他女孩子很亂的話題，以阿龍的標準，娜娜就是最亂的那種女生。他絕對想不到，不到二十四小時之前，她才跟一個住在板橋的中年男人到烏來洗溫泉，這個男人酷愛被綑綁，他帶了全套施虐道具在高級溫泉飯店裡，讓娜娜綑綁鞭打得哭爹喊娘，才滿意地勃起，順利地性交。打人好累，M才是享受那個人，S根本是做苦工。但娜娜與那些男人不是跟阿龍這樣的關係。這是什麼關係？用阿龍的說法，叫作「談戀愛」。娜娜因這詞起了渾身的疙瘩。浪漫與感性冷冷的，刺刺的，像有什麼昆蟲爬上了她身體。

「是八塊。」阿龍說完掀開了浴巾。

「說說你的刺青，為什麼兩邊不一樣顏色？」娜娜說，伸出手指放在靠近她這邊的刺青之上，她摸過刺青，十八歲的時候，差點就跟朋友去刺了，但母親說她有蟹足腫體質，刺青打洞都不行。她很遺憾阿龍說的那個不是入珠，目前為止，她還沒見過入珠。

「左邊的是第一次入獄刺的，右邊這個是前兩年才刺的。比較早刺顏色就變淺了。」阿龍平淡敘說，年輕的手指放在那些圖案上，看得出肌膚微微地突起，色料彷彿雲彩覆蓋其上，無論是刺青的顏色、圖案或擁有者的肌膚，都顯現出一種奇妙的「張力」，「在監獄裡很努力健身，龍頭張嘴含住乳頭很漂亮吧，刺的時候痛死了，」阿龍故意皺了眉頭，「以後不進去了，夠了，以後都要做正常的工作，結婚，生小孩。」說這些時，阿龍將手把在她的腰上，「好細，」他說，突然一旋身，跨到了娜娜身上。

接下來的事並不特殊，笨拙而生猛的親吻，雙手時而輕柔時而粗魯地搓揉，全身上下仔細地舔舐，阿龍舌頭停在她的陰部時，突然擡起頭，那雙著火的眼睛從她陰部張揚而起，像某種奇怪的外星生物，「我很喜歡妳。」他說，然後像是品嘗什麼美食那樣，多年不曾地，品嘗著女陰，發出滿意的嘖嘖聲。

她一直在想這些是什麼，意味著什麼，比如此時的快感，阿龍的舌技絕對比不上上週她才見過的，一個專門只幫女人口交的男人，非常奇怪的人，上班族，三十歲，聊天時就只說「冰火九重天」，「只舔不做」，男人在廉價旅館裡拿出三杯水，熱水，冷水與冰水，讓娜娜嘗到了所謂冰火九重天的滋味，從頭到尾，男人熟習地拿出防水鋪布墊在床上，像做實驗那樣地，專注於輪流用各種溫度的液體在口腔裡含住，於口交時徐徐灌入娜娜的陰道，過程裡那些或冰或溫或熱都強烈到幾乎無法忍受，使娜娜激狂地，哀求他與她性交。

阿龍從她下體鑽出，將身體擡高，襲上她身，沒有忘記戴保險套，將她的腿分開時，像必須下定決心那樣，而她已然溼透了，「我會對妳好的。」阿龍說完，刺穿了她。

不痛。然身體像被分開的紅海，這是第幾次，多少回，被這樣陌生的陰莖穿過？那些深夜裡或白日裡因為網路聊天而相識的男人，開著各種廠牌的車子，帶她到各種層級、地點、大小、排場的旅館，或笨拙、或熟悉、或多話、或沉默、或老練、或生疏，或有積習怪癖，或會拿錢給她，或相約再見面，或永遠不再相見，阿龍矯健的身體，在監獄裡操練多時，分外旺盛的體能，像永遠不會停下的機器那樣動作著，幾乎帶有一種機械感，讓快感延遲，像極遠極遠的浪花撲拍，絕不輕易到達。

是她遲鈍了嗎？是所有可能性都被開發殆盡了嗎？她在閃神思考過往時光的同時，瞥見阿龍胸膛兩只色澤不同，方向相反的龍，均朝向乳頭的方向飛轉盤身，他規律地起伏身體，進出、穿刺、深入、淺出的運動著軀體時，胸膛冒著汗身體因運動而發熱，龍身的七彩因體溫更加豔麗，他糾結的胸肌起伏，使得那雙龍像是有神那樣朝著身體下的娜娜飛越而來……

他完全可能在做愛之後立刻殺了她。她赫然想起這個。突然地到達了高潮。

阿龍發出忘情的呼喊，蟠龍騰空，乳頭上的獠牙像是張開了一般，汗水飛濺到她眼睛裡，融化了一切。

她好想哭，或者已經哭了，快感像一直隱藏在記憶深處終於被耐性給挖掘出來，那帶著傷害性的快感，不是想像中，也非過往經歷的，這些那些、令人眼花繚亂的性愛實驗，冒險，那近乎死亡，是要將人身體撕裂，把內在真正隱藏的，一個巨大的傷口，剝開，再剝開，使其鮮血淋漓，使其疼痛難當，使其崩潰大哭，那樣的感受，讓妳置身懸崖，終於決定縱身一跳。

她想她追逐的，不論化身成什麼，以何種形式展現，就是那雙龍突越起飛，汗水濺入雙眼，幾乎目盲、心神崩裂的時刻，而匍匐在她身上的，可能是任何人，有著刺青、穿孔、帶著頭套，手銬、手持長鞭，甚至身穿死神黑袍的人，她一直在向危險靠近，而她追求的，卻是隱身其中的，如阿龍正在做的那樣，召喚絕對不可能出現的，愛的可能，在她這樣的女人身上，愛情已被各種性交動作穿透、變身，愛情已經被太多實驗、冒險、逐獵，削減到變成只剩洞穴裡的枯骨，肉身全毀，她將應該寫在紙本上的故事烙印、刺透、著色在身上，潛伏著，變成阿龍口中所說的那個，妳看了會害怕的東西。

字母會

胡淑雯

賭局

J

賭局

Jeu

下午三點多，天空就矮了下來，空氣中有雨的腥味。是夏日的雨腥，蓄滿了生殖的微粒。公車再不來，她就要放棄已然枯等的時間，改搭計程車了。站牌底下另有一個男人，他也在等。天頂持續矮下來，暗下來，西北雨要來了，男人不再等了，攔下一輛計程車，臨走前轉頭問她：妳往哪個方向，要不要送妳一段？

她草草估算了風險，對陌生男子進行了兩秒鐘的疾速掃描，決定上車。在自己生活的城市搭便車，實在太好玩了。男人開口邀請的方式很隨性，不喊她「小姐」，直接問「妳往哪個方向」，輕快於無意之間，彷彿並不是在幫妳的忙。男人身穿白色襯衫，黑色西裝褲，肩著方形手提袋，看似要趕赴一件工作上的會面，在等待公車的時間裡，專注於手機裡的世界，才沒有心思算計女人呢。是公車與天氣將他們送作堆的。誰都無法違逆公車老邁的權威，無法慫恿雨。

上車後，男人溫和地譴責了幾句，說，「妳不該輕信陌生人的，以後別再這樣了。」假如她是男人，就沒有這句話了。但是她不反駁，只說謝謝，心想，不過是搭個便車，不必費心言談。過了橋，就接上捷運了。她知道，一旦交心辯論起來，這短暫的遭遇就有滑向調情的風險。為了清爽起見，還是別堅持己見。言語的挑戰是誘惑，而堅持與誘惑，對趕路的人未免太費力了。對她來說，搭便車所依恃的直覺與衝動，是日復一日細瑣的生活經驗累積而來的判斷，根本算不上冒險。

她記得很清楚，第一次搭便車，是跟初戀情人走在十點多的夜間山路裡，她的膝蓋早在白天就摔傷了，跛行於山間的產業道路上，打算下山另覓夜宿的旅店。原先訂的那間房，牆上床上與淋浴間都棲著好幾隻蟑螂，體型比城市裡的大上許多，身為宿客的人類感覺被蟑螂打擾了，蟑螂也被人打擾了，窗簾掛著蛛網，屋頂碎著脫落的漆，棉被陰著慘重的溼氣，憎恨著不期而遇的青春，預謀將溫暖的體膚冷卻成痛癢與遲疑。這地方不歡迎我們，她堅持退房。由上山的車程推斷，下山需要一小時。時間不是問題，這一小時是為了兌換接下來的整個夜晚，麻煩的是黑暗，腳傷，與細雨。那是十月底的霧社。夜間的山林比想像中更黑，連一盞路燈都沒有，為了避免掉進山溝或孔穴，兩人走在車道中央，四周暗得連影子都見不著。但夜間的山林又比預期的亮，跛行了二十分鐘之後，雙眼適應了黑暗，她發現星空中的月亮正沿路潑灑著漫漫水光。不久，出現了一道光束，一輛大車自兩人的身後減速，尾隨而上，車窗搖下來，探出頭，說，「你們要去哪裡？」她說，下山。「你們是學生吧？這樣走太危險了，不小心會被撞死的，路上蛇也很多，我可以送你們下山。」她觀察那輛廂型車，發現車身上貼著各種旅遊廣告，似乎是一輛工作用車，於是問司機，「請問你要到哪哩？」對方說，「跟你們一樣啊，下山。只有這一條路。下山就進市集了。」上了車，她繼續跟司機說話，以確保兩人搭上的不是賊車，得知這司機是本地的原住民，在山下的旅館當差，送客，送貨，備餐，導遊，什麼都做。司機給了一張名片，俏皮地說，「我不是來拉客的，但我會把你們放在我上班的那家旅館門口，找不到地方過夜的話，再打電話給我。」後來，他們住進了那間旅館，市集裡沒有其他旅社。直覺有直覺的文法，夢有夢的文法，很難捕捉，誰也沒有把握。

計程車一過橋，就接上捷運了，她心裡盤旋著這件舊事，與那段終歸失敗的戀情，然而沒有時間了。她火速下車，再次謝了陌生人，轉搭捷運，趕赴下午四點的採訪。好險，沒有遲到，還有時間進女廁補補妝，測試錄音筆。侍者才剛送上飲料單，教授就穿著白袍出現了，抱著一疊檔案夾，他是從實驗室裡過來的。採訪完畢，矮矮的天空又降下幾階，天快黑了，雨還在下。她要求拜訪他的實驗室，索取他剛剛提到的那篇論文，同時，也想看看顯微鏡底下，ＨＩＶ病毒如何生長，怎麼分裂，如何壯大，怎麼衰亡。順便觀察HIV與血液，體液，唾液，分別怎麼相處，而教授口中「各有各的不同」，又是怎樣的不同。

咖啡廳與實驗室之間，有一條五分鐘的捷徑，是一道由矮樹圍繞的石板路。教授撐著傘，揮著手，要落在身後的她跟上來。路很窄，一前一後步行比較自然，速度也快，但教授表現得很體貼，堅持與她共享雨傘。假如雨很大，她會義無反顧擠進傘下的。問題是雨不大，淋一段其實不算什麼，然而，面對採訪對象的邀請，硬是堅持落在傘外，就顯得小家子氣了。於是共用一把傘，並肩而行，在狹仄的石板路上擠擠挨挨。細雨中趕路不成，倒像是散步了。

夏日的雨滴是透明的，攜帶著殘餘的，破碎的陽光，把葉尖打亮，也把鞋尖打亮，似乎連石頭都上了顏色。教授見她肩膀被打溼了，出手表現紳士風度，她的右肩就進了他的臂彎。他說，「實驗室的冷氣很強，衣服溼了怕會感冒，」又說，「我多淋一點沒關係，辦公室有衣服可以換。」之後再也不動聲色，她也不動聲色。

雨中蓄滿了生殖的微粒，有黑色的事物在其間顫抖。

教授的手臂還算安分，定住就不再移動，沒有出現任何奇巧多餘的，瑣碎的小動作。掌心一路穩穩靜靜，擱在她肩上固定的位置，手指也乖乖的，不折不彎，不滑動。彷彿簡單無求，真的只在抵禦雨。這令她無從判讀，教授的舉動究竟是慷慨還是多餘。她不好主動掙脫，以免顯得小氣、多疑，倒像是往自己的臉上貼金了。教授五十幾歲，她二十三，這是她大學畢業後第一份工作。究竟是遇上了高手，還是大手大腳的英雄主義者？愈想愈怕是自己心思混濁。所幸這男人對她絲毫不具吸引力，不構成困擾。

抵達實驗室，身體自然就分開了。實驗室裡不只他們兩人。她拿了資料，把該看的都看完了，不等教授煮茶招待點心，推說還有下一個採訪。教授送她出門，將方才的紳士戲碼再演一回，提議撐傘送她去搭車，她說不必了。「不然我把雨傘送給妳吧。」她拒絕了，不由自主收斂了禮貌的微笑，幾乎是板起了面孔，心想，假如你剛剛是存心的，那麼這一刻，你應當收得到我的抗議。溝通運行於無有之地，對方倘若心中有愧，自然就有默契。然而她實在無法分辨，剛剛那件事，究竟算不算有事。直覺有事卻不好深入下去，只因為事情太過輕渺，一觸即逝，一旦開口就不成事了。對方只需給出驚訝的表情，貌似誠懇地懊惱著說，「抱歉讓妳誤會了」，就能夠全身而退。問題是，他真可能沒有那個心思，而她將淪為一個狹隘自戀的淑女，一個多疑的小氣鬼。

這時候，反倒希望自己遇上的是更明確的壞東西。就像幾個禮拜前。她去採訪一個藝術家，兩人隔著一張白色的大餐桌對話，他也能一邊擠眉弄眼，一邊把腳撈過廣闊的桌底磨蹭過來，一邊談貧窮藝術，一邊誇耀著最近一件作品的其中一份文件，賣了多高的價錢。確實很有辦法。他的作品有膽識，有意見，色彩鮮烈卻不失細膩，非常適合行銷，被暴漲的名氣沖昏了頭，自信可以通過金錢與才華，抵達每一個女人的陰道。她大大方方斥了他，這明目張膽的自戀與侵略性反而簡單。

離開實驗室，踏入傍晚的校園，課後的學生們或者步行，或騎著自行車，銀河般流動著，流向校外的餐館，流向公車站與捷運站。尖峰時段的公車潮溼擁擠，像一個落難的方盒子，座位都滿了，她只能抓著吊環，倚著自己的手臂，懊惱地轉著腦袋。她多少怪罪自己竟然無法辨清，石板路上倒底有沒有事。坦白說，那過程沒什麼不舒服的，就是沒必要地擠了點，而人在適應環境的時候，難免要模糊身體的界線，讓自我撤退一兩步。問題是，在模糊的相容與曖昧的撤退裡，教授以保護者自居，擴張了他的身體，令她收縮的身體再行收縮。這一刻，她想通了，即使教授是無心的，她的不安依舊可以是落落大方的不安。這樣的後見之明，給了她某種異樣的，安心的感覺。

鬆脫的車窗摩擦著城市疲憊的噪音。老邁的座椅發出唧唧的嘆息。車上的乘客，在下班後的疲倦與困頓中，摩擦著，指尖在光滑的手機表面，摩擦著。站在隔壁的男人打著盹，半睡半醒的左手臂，貼著她的右手臂，摩擦著。她向左跨半步，躲開男人傾倒而來的重量。她的肩膀都記得，她的肩膀與手臂記得許多事。小學三年級的時候，參加繪畫比賽得了名次，母親據此認定自己的女兒是個天才，替她報名了美術班。教室位在地下室，裡面有四排桌椅，二十幾個小孩，一人一盒蠟筆與彩色筆，完成老師給的題目，打完分數，就下課了。那根本不是什麼天才訓練所，也不是兒童美術班，而是軟性的色情娛樂場，由提供娛樂的一方付費。她記得那個老師非常年輕，鞋底鏗鏘有聲，當他香噴噴的氣味愈靠愈近，近而濃郁地由氣體凝成「類固體」，就表示他正站在妳的背後，即將對妳進行個別指導。她只去了一個月，就跟媽媽說我不去了。為什麼不去？因為那個老師教得不好。怎麼不好？他的手上沒有沾過畫筆的顏色，他根本不會畫畫。

車行幾站，她發現男人依舊緊靠著她，手臂摩擦著她的手臂。車廂內確實擁擠，那就再向左跨一寸吧。那段童年記憶是悶熱的，濁臭的，地下室沒開冷氣，她的鼻子還記得，手臂也記得。教室的牆角與地板，蓄存了雨的腥味，她的後頸記得，胸前的皮膚也記得。她記得倒數第二堂課，地下室闖進一頭老鷹，衝撞著四壁，找不到出路，折了翅膀，斷了一隻腳，躺在地上鼓著胸口，嘴喙冒出血絲。最後一次上課，老鷹已經上了銬，被老師豢養在樓梯間的陰影中。

公車上的男人又靠了過來，難道是蓄意的？她再向左移，沒多久，他又來了。來得很有技巧，帶著一派自然的漫不經心，彷彿被睡意與人流推著走。她不想冤枉他，於是再試一次。多試幾次，竟也生出實驗般遊戲的樂趣。在那飽脹著陌生人的體膚與體嗅，僅容旋身，再無空間的空間裡，不斷拉開與對方的距離，進行著無止盡的大面積分割。

男人很有技巧，每一個移動都極其輕渺，將自己的動靜融化在公車的節奏裡，帶著剛剛好的傾斜，剛剛好的秒差，剛剛好的「不小心」，準確無比，將曖昧進行到底。——要經過多少練習，多少實驗，多少失敗，才能讓自己的行動不顯不露？那雙假寐的雙眼，以不看的方式觀看著。無聲的鼻息，深長而緩慢地一吸一吐，絕對不呻吟，就連喘息都不可以。嘴巴當然也不能吐氣。雙手高舉於旁人可見之處，成功的要訣不是進取，而是忍耐。皮膚跟細雪與雲朵一樣，是不會發出聲音的。那一人份的溼黏，猥褻，與孤單，正貼著她的肌膚，摩擦著，落下死亡的微粒。他站立在她的身後，她感覺後方的褲襠裡有事。她決定等一等，等對方的褲襠大起來，等自己的膽子大起來，再猛一回頭，望穿他的眼睛。

昏暗的車廂中，彼此看到的對方，比日光下更清楚。他低下頭，不敢看她。她轉過身，面向他，狠狠盯住他埋進下巴的雙眼。兩個人都沒有說話，只有各自的皮膚知道，哪裡在發燙，哪裡在發怒，哪裡在發冷，哪裡在顫抖。誰比誰害怕，誰比誰驚慌。

她知道許多勇敢的女人會大聲叫喊，糾眾處理了他。也可以向司機告狀，請公車駛向最近的派出所。但她有逃離權威的傾向，偏愛以自己的方式解決問題，把解題當作遊戲，在遊戲中收穫，為收穫付出代價。於是她沒有呼救，起出包包裡的原子筆，朝男人的手臂重重割下。男人擡起頭，驚愕著碩大的雙眼，立即轉身，竄向車門。「這個傷口是你自找的，也是替別人承受的。」她沒有說出這句話，緊緊跟隨他，與他同步跳下公車，開始尾隨他。

雨水落盡的天空，獻出寶藍色的透明感，街道安靜了下來，她不確定自己身在何方。男人快步向前，時而斜眼向後，偵查她的行蹤。路邊有焦糖的香氣，有包子饅頭的蒸汽，有文靜純樸的涼粉攤，她知道自己已經坐過站了，在肌膚沉默的冒險與對峙中，忘記了時間。

日暮中，男人愈走愈快，她尾隨著，既不超前也不落後。換你了，換你當獵物了。男人穿的是皮鞋，鞋底磨損得厲害，使他的步態顯現某種顛躓的驚慌，提著公事包，似乎剛下班，腰間的手機一路響，他沒有接。那手機的鈴聲很大，是一段精心錄製的童言童語，聽起來是個小女孩：「把拔，把拔，把拔，把拔……」溫馨的呼喊之後，是學步娃娃軟綿綿的燦笑聲。

男人再次回頭的時候，她看見一張把恐懼深埋在底，似哭似笑的臉皮，像一片哀傷的抹布，像冬雨中永遠不乾的襪子，晾著苦鬱的皺褶，在風中飄蕩。男人慌張，困惑，不懂這女人想要什麼。他加緊腳步，她持續跟蹤。在下一個紅燈亮起之前，男人加速奔逃起來，她也加速追趕向前，不超前，也不落後。天色突然亮了一下，彷彿有什麼大事正要發生，還不算黑夜，也不再是白天，一切都不清不楚，不明不白的。

她打算這樣尾隨著他持續奔跑下去，不超前也不落後，直到自己覺得夠了為止，直到他的慌張化作屈辱為止。「對你的懲罰不會多也不會少，等同你加諸於我的就好。等你把這筆帳結清了，就可以回家抱女兒了。」這是她第一次，穿著高跟鞋在馬路上奔跑，跑著跑著才發現，自己的鞋子有點大。都說鞋子太小會咬人，其實，鞋子太大也會咬人的。

字母會

J 賭局

顏忠賢

賭局

Jeu

她老是想死也老是陷入這種太多太失控情緒的困擾裡頭。

一如對一生逃不了命的待命……令人髮指地令人厭倦。

所以她一直避開……一如避開她始終迷戀的舞，舞的術，甚至避開大多身體的術。

但是，那個舞者不太一樣……

為什麼不一樣？

一開始她始終也還不太清楚。

一如那電影裡的女主角眼神老是出神，恍恍惚惚地看向遠方。「妳想要傷害自己嗎？發生的這件事之後，妳還會想要傷害自己嗎？」那個同情女主角的精神科醫生問她。

那是一部名字叫作《副作用》的電影，整個故事始終陷溺在吃憂鬱症的藥的狀態的迷亂之中。但是，她只記得剛開始的前半部，因為她也像那女主角老是會說，我不會再失控了。

醫生對她說，絕望是一種無法和未來連接起來的現在的狀態，但是，妳是有未來的，因為妳不必再裝堅強，妳要吃藥……讓妳更自在地做自己，要想法子找尋未來，妳一定有未來。那藥會阻止妳的腦袋告訴妳，妳是哀傷的。

女主角老提到她的過去，病史中的她很辛苦，永遠失眠噁心，老換吃不同的抗憂鬱症的藥。由於過去太多的傷害，她父親和她先生和她愛的人終究都拋棄她了。

甚至，她愈來愈昏昏沉沉，有一回，一看到牆上寫著「出口」字樣的地方，竟然在恍惚之中就開車撞上去。

她老說：「我完全找不到出口……完全沒辦法活下去了。」

那是最後在某個親人的體面宴會中，只是意外看到牆頭某個鏡子反射倒影裡的自己的臉因為歪歪斜斜彷彿爛了一半的她就當眾崩潰了。

即使也同樣絕望到想拋棄她的醫生仍然心虛地安慰她：「別擔心，那只是副作用。」

那個她迷戀的舞者老說：「舞……就是把自己的身體交出去。」

那是一個曾被評論家譽為名滿天下的舞妖也同時是舞菩薩的舞者有一回難得地開課教舞。

她始終記得那妖菩薩的舞的啟蒙……像遭遇不世花火炫目極光甚至仁波切灌頂那麼珍貴到一生只會遭遇一回的開光……

一開始是被迷住了……她看到了那個舞者的舞，近乎妖術地奇幻……

長紅裙，血紅，舞者的身體彷彿變成了光。

光源的末端……撐開的令人屏息的每一個剎那，像是不該出現的雲彩，虹，紫霞，光暈的迷漫。

她去看那演出，那舞者就站在一張椅子上，太恐怖地好，使得全場像一個黑洞，所有的人都太注視她，太注視那一個舞，彷彿空間都消失了，被吸入了那一個個身體的姿勢的變幻的縫隙的縫縫補補。

她本來一直因為太迷戀舞而對舞有著某種莫名的敵意，像對體操，對武術，對種種太理所當然的身體的高難度的操練與表演。那像是某種辯解或調節……像是技術太艱深的匠師所打造的器物……而他們打造的是太艱深的身體。

像術士的術。看過太多，太新或太舊的太多流派……的術，舞術。她迷戀太多形貌神韻都太精妙太繁複太不可能的舞……及其對身體的太艱深的召喚。

但是，到了後來看過太多，那些舞的術她一看就知道之後會怎麼往下跳了……

所以往往她還沒看完就完全厭倦了。因為那種「術」完全填滿她的想像，一如沒有餘地的餘緒，因為術愈好愈艱深……愈糟。

然而，她覺得那舞者的舞的光……正回應著她所閃避的厭倦，也正回應著更裡頭的關於舞的不太一樣的召喚，用一種不是舞的舞術……在暗示她。

然而一起上課卻大多沒跳過舞的那群學生們笨拙在舞臺上只是像在遊戲。舞者只好叫他們每個人想像一個動作然後很艱難地做那動作。想像自己在舞臺上看得見觀眾的時候和看不見的時候跳法會不一樣。

舞者說，你們不是來待命的……

一如明天你們全部的人全身會痛，這種痛是為了找你的身體的洞，你也都要找別人身體的洞穿過。後來舞者就要一整個舞臺的學生瘋狂投入玩老鷹抓母雞小雞……我要你們變得很想，我要你們變得很想跳，讓你們吃跳舞睡跳舞想跳舞。

最後，跳舞的所有人都一起要編一場舞，認真地討論，最後決定要演出他們熱愛又害怕的邪靈，要演出他們的一直跑一直抵抗一直逃脫，也還一直努力地解釋給舞者聽想說服她一起演他們那一部驅魔的舞劇。舞裡其實她演的角色是一個惡魔，牠去找桃樂絲玩，沒有惡意，但是出事了，後來舞臺一群人始終攻擊牠，使牠反抗也始終攻擊別人。舞者鼓舞她說，攻擊很好，反抗也很好。因為，獸，出現每個人心中的不安與暴躁。在獸跟獸之間……是舞最想表達的狀態。

甚至，舞者說：你們要相信自己，即使你只覺得自己只是舞的傻瓜也好。

她對舞者說她在這幾天本來就生病，嚴重地拉肚子到拉出來的竟然都是水和油，完全沒有食欲也全身烏青，但是還是很開心，彷彿找到了多一點原本的自己，而不是別人要的自己。然後，把自己放了出來，從肉體或別的肉體以外的什麼……

她跳完還在喘也還在笑，甚至還天真地對所有不太會跳舞的人說：跳舞中的我好像在找自己，因為從來都不瞭解自己的身體……她臉色發白累到兩手發抖。

但是，在舞臺上……突然覺得每個跳舞的人都好美。

一如她更早以前所看到一部韓國愛情電影，老像是《偶然與巧合》裡的更絕望的人對自己人生的永劫回歸的悔恨，然而那種很隱晦的神諭卻老是因種種線索交代不清那種種救贖的喚回而感覺出了什麼問題而始終有種拍壞了的失望。

但是這部不免失敗的電影仍然令她很感動。因為有太多雷同的心情上的深入和不忍。或許，乍看很不起眼，故事是描述某種極尋常的外遇，某種不倫的色情感，結婚多年有了自己人生瓶頸的一對中年夫妻。

故事的情緒比情節要清晰，甚至，很多細節轉換都太模糊而曖昧不明，夫妻的角色及其內心的困惑都交代不清楚。尤其是電影的時間始終切換在之前和之後的跳躍，或是空間也切換在兩個城市的不同場景的衝突，像是倒敘著太多已然記不清的過去，悔恨，不捨，瞳孔中的光愈來愈晦暗，而人卻愈來愈焦慮地想多做什麼，想多挽回什麼地被困住。

一如女主角和一群都市女人們穿緊身衣滴汗露乳溝地跳有氧舞蹈的首爾高科技摩天樓窗明几淨的落地長牆鏡面教室，突然就跳接到瓦拉納西那又哭又鬧的恆河旁古火葬場的燒屍體煙霧彌漫的灰暗天空。

一如丈夫和一個他偷情的女人激烈地從頭到尾地做愛，在每個不可能的地方，從公司，車上，旅館，街角，極端性的狂亂，但是憂鬱的極冷淡的妻子卻在某個意外愛上了一個年輕的偷渡印度人，後來他生病，她去他家照顧他，但他後來還是被發現而遣返印度。

這段夫妻彼此說謊的時光，拉得太長，更後來，他們也發現了彼此的不倫狀態。妻子決心出走，到了瓦拉納西，去找那印度男人。但是，發生了太多別的干擾。就這樣地陷在那裡，進退兩難。她整天都只是在那城裡無神地晃盪，看那古城裡人們的生命底層的現狀，淒淒慘慘，但是也許是另一種漫長的浸泡，分心，對於她的失緒。

就這樣，常常發生麻煩般地遭遇怪事，但是，她卻彷彿不太在乎。從跟一個小孩到巷底被搶，到遇到暴動現場，中間常常看到面色沉重的人們在路上趕路，或奇怪的法會祭典中穿著盛裝的巫師在作法，靈魂出竅般地念咒，燃香，彷彿始終困在一種非常神祕的狀態裡失神地遊蕩……

那年輕的印度男人最後決定了不想跟她在一起，但是，她決心想離婚的先生卻從首爾飛來找她。最後，他們並沒有回去，也沒有在一起，最後一個長鏡頭的空鏡頭，只是架在那女主角住的某個又髒又小的破旅館三樓陽臺，拍著那丈夫走進人很多很紛亂的街頭中，所有人都有心事般地忙碌於自己的生活的沉重，黃昏的愈來愈暗的日光餘光昏晦，空氣仍然灰塵滿天揚起地汙濁，丈夫就這樣心情低沉地低頭走路，一如所有人，走入了自己昏暗的路。

她老想到了課的最後一天她所被邀請進入了一個舞的練習。

「這只是一個遊戲……」那舞者哄著害怕的她說。

後來，就開始了……一如一個儀式或刑求的架式，那一群舞的同學對她露出某種奇怪的既嘲弄又同情的訕笑。那時她已經來不及後悔了，像在一個遊樂園中選錯了選中了最刺激但也最可怕的雲霄飛車或高空彈跳……坐在裡頭準備尖叫的那種無限的無奈。後來只好就硬著頭皮，讓十多個高大凶猛而全身汗臭的同學們環繞著她站過來。

局促而無辜地困在中間的她被要求：「要站好，要全身挺直，不准做任何動作……只能把自己當成一個不會動也不能動的身體……向前垂直地倒去，然後，就必須要放心地把自己交出去……」

更後來。她更害怕但是也更不害怕……因為遊戲的變化愈後來就更大了，她竟然完全像個呆若木雞的不倒翁般地僵滯無力……任由他們邊笑邊鬧地推玩了起來。

整個過程真的是場鬧劇……但是，時光像無比拉長而場景卻無比縮小。

那是一個完全的殘酷劇場，沒有演，沒有跳，也當然沒有舞。但是，她在腦海的晃動失控中再仔細想想，這種沒有舞的舞……實在太過動人。那真是一場「術」完全消失了的舞……沒有表演者也沒有觀眾。甚至，她正用各種方向倒向那群環繞自己的人，向左右向前後，忽快忽慢地倒……到更後來就變成他們在推她抱她，或更用力也更疾速地晃動而推拉。讓她在墜落到快墜地的那一剎那把她拉回。

一邊擔心一邊放心的她……最後開心地閉上了眼。好像因此想通了一點點她對舞的敵意，及其召喚的更窩心的喚回。

想通了一開始那舞者說的。這就是舞，舞的一種狀態……一種關於相信的狀態，相信別人，也相信自己，相信身體自身……舞，就是把自己的身體交出去。

後來那舞者很認真地上了一堂更怪異的說舞的課……
課的剛開始，舞者微微地招呼而打量所有人地說，你們想聽什麼故事？有人說，不會痛的故事，有人說，好玩的故事，有人說，旅行的故事……或就是你出去玩的故事。
舞者又笑了，她很愛笑也很喜歡逗別人笑，雖然舞者說的故事都很尋常簡單卻還是很有意思，但是，她印象比較深刻的卻更是那舞者常常是樂觀到難以想像，她因而想到自己或許是一個太過陰沉的人，悲觀到自己都從來沒有發現過。
舞者說，要覺得你的所有的舞都是在玩，不要有那種忍耐而忍不住到要偷瞄時間的狀態發生。她只是用更多比喻和更多細節來要她們練習，用某種臨床的病理學方式來接近自己或描述自己。充滿了想像的可能，在更多更多的動作以後，她們汗流浹背到近乎窒息，但是，舞者安慰她們說，別擔心，妳的呼吸就像妳騎的馬，妳要想法子跟牠好好在一起，有時候跑太快，有時候不想跑，有時候只是喘，那需要時間，要花很長的時間和牠相處，因為我們和自己的呼吸始終都沒有好好在一起過。

上這門課的她想到更多，或許是出現了隱隱約約的某種內心的改變。甚至，她後來離開的時候，仔細想一想，好像以前都錯了，以前理解的舞都錯了，甚至以前理解的人生都錯了……過去她老太認真太用力理解，無法接受切換成好玩……

舞是……近乎不可能地接受自己的疼痛，面對疼痛，甚至開自己疼痛的玩笑。或許，舞者教她們的不是如何變好或變強，甚至也不是如何療傷，而是……舞……只好像在提醒她，不應該對一生挫敗的人生所遇到太多的壞事永遠太生氣或太在乎，應該要更同情自己，或同情那些壞人，那些有意無意傷害了自己的人……「因為我們都被傷害過，我們都是病人。」

一開始舞者只是說她的過去……說她自己從小就是瘋子，她從小跳的舞每一次跳……都是新的，每一場都是第一場也是最後一場。一如她在舞臺上老會陷入完全喘不過氣的現場，每一回都碰觸同樣迷惑的恐懼，甚至每一回演出前一個晚上老因吸不到氧氣而雷同地從惡夢中驚醒。

最後永遠待命般的惡夢中，永遠是她還沒練好的新舞想找人合夥地又瘋又跳到可以像幻影或像另一種發光，夢中老是有她和一個光頭喇嘛共舞地滿身大汗……兩人永遠是又親密又疏遠也又擁抱又拉扯……老會共同握緊一根棍子兩端的兩人開始無限度地拉扯延伸，最後近乎擴散到像一種無名但又無敵的功夫。夢中更後來就更怪異地炫目暈眩……她老是陷入了恐慌又無法無天地無法辨識其光圈的光害……的那種極度的發亮的光芒亂流。逃離不了。

後來，她就只是待命，練習待命……

但是，在最後的時光中，舞者卻因此也叫所有人對所有人說出自己的名字和自己的傷。

空氣變得沉悶而眾人的沉重鼻息竟然同時也變得難以想像地逼近……

大多來上課的人竟然真的都有傷，一如這幾年始終在痛的她，有人是肩膀，有人是腰，有人是膝蓋，有人是脊椎，說的時候，一邊做動作，有人會露出太過疼痛的神情，有人會輕輕帶過或引發某種忍受多年而已然坦然的微笑。她根本不記得每個人的名字，也不想去記得。但是，在這種或許是不小心出現了的對人生更深處充滿暗示的時刻，她心中卻非常地感動。每個人的傷害，在這種時刻，都竟然真的願意說出來。原來這教室或說這房間裡的每個人都是有傷的，被傷害過的，被自己被別人或別的意外傷害過。

或許，原來並沒有那麼複雜，只是舞者老師想要知道每個人狀態，但是，仔細想想，這種偶然仍然是多麼地動人的揭露，因為，現場的她們是多麼地陌生，而傷害是多麼私密的事。

但是，因為這種現場卻竟然在瞬間使所有的她們突然從尋常的陌生的同學或鄰人變成了靈魂深層盟友般……心有戚戚地有種古怪的溫馨感人在裡頭，一如多年來困在雷同困難的她對自己有過惡夢折磨過的那麼地窩心。

舞，使她想起她自己的當年……人生出事了，就一如《1Q84》那主角般地下了車離開了公路，走上了另一種荒唐的路，另一種乖張的時光與場景，另一種不易明說的心悸和失眠症狀……另一種吃種種止痛藥的人生的狀態，另一種人生的出錯及其錯的回不來也不想回來了。

老遇到那麼多她各種年代遇到的老朋友老同學老親人令她極端厭倦……或許他們老提醒了她那時候她也曾經是的樣子……那樣子都只是人生的幌子，而她想要的其實只是她以為她想要的。

她太過難以待命……因為命是一種她賭不了的賭局，使那段時光她老是想死到……每天都幾乎是一個死前眼前快轉人生重跑一遍式的恐慌……但又那麼難以明說。

但是上完了舞課，即使比較不那麼想死的她仍然還始終……待命，還一直留守在內心戲的命的反覆糾纏戰鬥模式，仍然老緊張兮兮到永遠不敢心存僥倖地想說人生下一個麻煩就快來了吧……地待命著。

即使有時還常不免成天老恍惚著，老心想至少該先還願了或該先跟始終幫她的人好好叩首拜謝，或許就更該感恩一點地感謝那幾年那些病痛與厄運彷彿已然算是在退，雖然是一種來來回回地退潮的仍然忐忑不安。因此在這種待命的不安中，上這門舞課一如收下太貴重生日禮物的意外老是令她無言以對……因為，對於老想死的她，這舞者的舞，就彷彿是唱腔太華麗的輓歌，修辭太甜美的祭文或是演出太疏離太怪誕的告別式。

一如那個晚上在電視上播新聞裡看到的古怪畫面：某中南部土財主在女兒喜宴送客時送各種動物一如斑鳩或天竺鼠或兔子或小鱷魚或變色龍當來客窩心的伴手禮那麼離奇……畫面正拍到一個拿到禮物的小女孩一邊保持微笑一邊緊張地抓緊那扭動的鱷魚長嘴獠牙對著鏡頭猙獰地張開血盆大口。

一如她始終記得自己那天對舞者們說了某一晚使她難以釋懷的怪夢，她說：夢中的我始終很不安，彷彿永遠陷入某種近乎災難的狀態，但是就因此使某些比較尋常的煩惱變得不那麼急迫，這樣子過了好久，身邊的瑣事愈來愈繁瑣，永遠都就緒不了，老是仍然匆匆忙忙。

後來才發現我始終和所有人在某種必須專注地聽經，不然那災難就逃離不了的恐慌，或許，就只是充滿了祀典祀神之類密密麻麻繁瑣的細節，在某一個像法會的神經兮兮的地方。

忙忙碌碌了太久，人太多了，但是仍然始終等人來，來的大家都在裡頭忙，但是一個小時候我愛過的人都已然受不了要先走了，父親，先生，一個個情人，我送他們，有的門口陪他們抽菸，有的只是說話，他們也跟我同樣地懷疑所有現場的狀態而顯得出奇地急躁，但是沒說出來，只老在一邊抽菸一邊亂說笑話安慰仍然還走不了的我。

後來，他們都終於走了，我心情變得很差地回到現場，才發現出事了，因為不知道是怎麼可能，沿著回來的路旁本來極度明亮驟然黝暗下來的大廳堂，很多人的很混亂雜陳的法會現場竟然變得空蕩蕩，甚至本來擦拭到晶瑩剔透發亮一如佛器般的講壇神案和所有的上萬群眾罩橘黃色布巾木椅座位、甚至到各出入口的鮮豔花圈花籃成排羅列的走廊前方……都竟然也變形成破爛不堪到充斥蜘蛛網和落塵滿布的極端骯髒現場，一如廢墟般的潮解剝落滴水大氣中，透視整個光景的全景甚至延伸到最末端，上萬人竟然都消失了，近乎死寂……

在百般不解的驚嚇之後，我往更裡頭走了更久，最後經過某一個廊底的怪座位，不知道的人只以為是一座長相尋常木雕老時代動物的古董椅，但是我知道是我的老位子，但是那老位子我完全不敢再接近。

因為我感覺到極端恐懼，不知為何那椅身旁攀爬埋伏著一隻彷彿正疾風般狂舞到千手千足糾纏扭曲邪門的古代獸人……正要吃我。

字母會

童偉格

賭局

J

賭局

Jeu

我最小的叔叔年紀只大我三歲，我們從小是玩伴，我從來也就沒有叫過他叔叔。他過河去念高中，返鄉時，時常拿他編的刊物給我看，看得我伊于胡底，一愣一楞。他說他想當作家。好吧你去，我說。如果他說想研發無籽百香果，我也會這麼說。該我過河去念高中時，他進了大學重考班，我那十分公正嚴明的爸爸，也就是他大哥，切一顆滷蛋兩人分食那樣，在我們兩人學校間的準確中點，租了一間房，讓我們當室友，要我善加管束他。這時，我就想起我是他姪兒了。再一年，我叔叔還是落榜，我爸就不要我管束他了，他要我叔叔回家去幫忙，等當兵。到了我大學畢業，該我回家等當兵時，我叔叔就死了。死因有點曲折，聽說他先是因為在河面上疲勞駕駛，讓自己的小漁船撞上了觀光艇，船毀了，人掉進河裡，當時倒是沒什麼大礙，只是腳受了點傷。但後來，傷口沒處理好，腳上的筋肉被不明細菌一點一點吃掉了。再後來，只剩一條腿的他，就兩步一跳地跳進靠海那面的防風林裡，把自己吊死了。

我常想像，假如他還活著，活到很老很老，那麼最走運的情況是，我們這片河海夾擊的老沙岬還在，還能住人，於是，他就能一直還是待在這裡，過著注定是要一個人去過完的生活。老沙岬有個正式的地名，叫「放流尾」，自我們第一代祖先，學習像沙鷺那樣，在一片泥濘中立起房舍起，就好自棄地這般命名了。你知道的，放流到尾，也就一無所謂了。假如你是一隻海豚，從海那面，用你聰明的眼睛望過來，你會發現這片沙岬確實一片荒蕪，什麼也沒有，但似乎也可以說，什麼東西的尾巴都有一些，例如挖完了這洞剛好沒力氣，所以就在灘上放著算了的九孔養殖池，例如好像世上最末一連孤軍才會據守的面海機槍堡，又例如這樣一條，像是已將所有人的腳印，都沙石風化了的羊腸小徑。假如你真的是一隻海豚，看完這樣莫名其妙的風景，聰明的你，就知道要轉彎以免擱淺了，會用你那雀躍的海豚音，跟同伴分享你對這風景的感懷。那聲調本身就是意義，那意義就是一種破碎而無意義的本然，所以你事實上會表達得十分恰當，起碼比我恰當。就這點而言，我必須說，我羨慕你。我們人類沒有海豚音，這大概是為什麼，我們總是擱淺在我們說不清的情狀裡。

話說從海這面望過來，羊腸小徑旁邊是一片防風林，傍晚，那亮度驚人的海上夕陽，總將一林傻鳥照得精神錯亂，那林子裡，就擱淺了我叔叔，和他那老得不像話的貨櫃屋。他隨喜收容了一群流浪狗，陪他一同挨餓或受凍。當然，天長日久，每年也必會有一段熱到不行的溽暑，那時貨櫃屋是待不住了的，那時林子也就渙散了，鬚髮亂結的半身赤裸的他，與狗群一同隨處躺散，貼地視角穿過樹林葉隙，很適合沉思漫漫大海，也很適合真的熟睡去。因為海上夕陽，因為一天中最亮的時刻，總和夜暗錯剪成近鄰，所以盛夏的午睡總是悠長得不像話，時常當他醒來，會發現自己睡時翻身翻出了林子外，翻進了葬園裡，枕著一顆墳塚。防風林的裡邊，就是一帶葬園，防風林的防線有多長，葬園就起伏得有多遠。這時，在夜像鋪幕，由一顆墜海或溶入自己倒影的夕陽牽拖而下，壓抑種種光影時，枕著我們先祖腰臀的我叔叔就能明白，沒有錯，他是真的回到正常人世了，因這一帶還有人，紛亂而各行其是地紀念。葬園再裡邊，是那同一條迂迴轉進而來的羊腸小徑，盛夏新夜，一尾臂粗的遊蛇盤桓趕路，曲折且專注。

當然我的叔叔終爾不會意識到我的假設，當他雙腿健在地起身，伸伸懶腰，那雙啟靈於漫長凝注歲月的狗的眼瞳，就會穿過羊腸小徑再裡邊，汙水處理廠的高牆，看見他所來自與失蹤的，我們那放流到尾的聚落。那聚落裡有什麼呢，喔，親愛的叔叔，天上的飛鳥與海裡的海豚啊，那裡有的，這世上任何聚落都會有，我就不去一一指明了。我只是想說，請你們務必都要堅強啊，因為如果，在那裡你會心碎，那麼，在世上任何一個角落，你注定都是要心碎的。

你得堅強，因為那裡有的，這世上任何聚落都曾經有過，各種人事相互對逆，各自幸福而完足。例如有特別愛炫耀的驕傲親戚，就會有受氣包型的村姑媽媽，又例如必定會有的，這樣一位以旺盛生殖力，對逆族裔早夭歷史的勇氣老母。勇氣老母被判要拚盡最後一絲可能去生養，直到終於，有一個她的孩子順利長大，也開始去生養。那時，她會像終於卸下任務一樣，容讓自己可以看起來老一些，也無為些。假如她老了，但被判依舊健朗，她會對逆那更漫長而無常的人事，成為移動的節氣，規律的提醒。她常保衣著整潔，在一片泥濘中，記憶與履行每一種應時的祭儀，以一種安定的眼神，看著所有命定要背海向河去討生活的他們，就去討生活。防風林最裡邊，那同一條遠遠轉進而來的羊腸小徑，都被那樣的眼神驅趕得十分順當。她的最小的孩子和最大的孫子，都曾經隨她，和這樣一條乖馴極了的小徑，再穿出那另一片防風林，他們看見腳下那條窄窄的路，從他們眼前到遠方，像葉脈不斷分岔，每條歧路都奮力爬過河口沙洲，直抵水濱，像各自從那鹽蝕的來處起，就一起乾渴了億萬年。很快他們就會知道，像所有人那樣理所當然地知覺，河口沙洲是活的，它的畛域大小與形狀時時在變，從來就不穩確恆定。

他們知覺到在一個賽局裡，一切都同時可以是原因，例如倒錯的風向，不息的潮汐，也可以僅只是因為它那特別赤誠的渾沌。它有一種能力，讓萬般景象皆成遠景，而能抵達至此的，好像皆隨那些歧路低伏，在水邊平平闊闊地相遇。那種開闊，其實是一種假象，實情是，對依它維生的他們而言，它總是需索最近距離的關注。它一直是活的，意思是它有的，只是連串活絡的相遇，譬如河和海，水與土，譬如漁人，和他們埋入水底等待揭曉的網。它是活的，所以你可以想像，也必然已在自己的沉默中想像過了，所有這些葉脈般的歧徑，需要多麼努力，才能維繫它們共同的來向。這些歧徑，有些路段被擡起，有些則暫時埋入沙堆裡，它們各自顛簸破碎，當你擇路踏過，你說不定，或已習慣了無由地感到悲傷，倘若或事實上你已經試過了，想要永遠近觸，始終堅定地去探測一顆活躍的心。

好在，你總是以為自己可以信任，就像眼前你具體看到的景象這樣，當路因自己過於努力而顛簸而破碎，它也就不再僅只是路了，用各自的盡頭，它們一體延伸成光網般的港岸，疏漏卻過於體意地，容讓自己形變成那顆活躍心臟的一部分。你看漲潮時，河面上的小舟直駛到路旁，他們可以在任一處路邊繫舟。退潮亦無妨，就把船擱淺在沙洲上，費點力氣拖行一會，無論如何，你總是很容易就能觸及這樣光網般的港岸的。你見過比這更美的事物嗎，起碼，在這放流至尾的小地方，我該說我沒有。但假如你沒有真的親眼看過一眼，你一定已經不知道我在說什麼了。實情是，一些時日我常常重返，站在這樣一個難以形容的多重盡頭之一，看著河水一下一下襲抵腳前，想這件事想很久。我總想起在那間滷蛋房裡，我們的書桌各自面牆，我偶爾轉過頭去，就會看見他手握著筆，凝視蒼白牆上的一個點，那樣專注，像是非得從那裡逼視出什麼不可。我只看到他的脖子，和重考班標記般的，髮根青短的後腦勺。大概因此，他的模樣當時對我而言，就已經有些模糊了。

我想起他改寫過的這個故事，有一個人，偶然早起，天氣晴朗，窗外有小鳥在叫，一切都很好。因為工作通常是到了下午才真的有事，也因為完全沒有食欲，所以他坐在餐桌前，慢吞吞喝一杯咖啡，看一份報紙。報紙一頁頁翻到每則徵人啟事都像在尋他的程度，他決定，還是在午前先進公司一趟晃晃吧。通常他出門是會告知媽媽一聲的，但因為昨天夜裡因細故和她爭執了，所以就算了直接出門去。公司太完美了一直就在家附近，走幾步路就到了。進了辦公室，同事一如往常皆都笑臉和善地歡迎他，和善到他都因自己肚子終於開始餓了而不好意思起來了。他忍耐著看完三份卷宗，這時，午休時間終於到了，他起身告退，再走回家吃午飯。他到廚房開冰箱，自顧自準備自己的午飯，媽媽在旁邊叨唸，好像不很高興他自己來，又像是要幫忙，他說，妳不要跟我說話我現在不想跟妳講話，媽媽就走開了。他站在廚房門口攪拌一碗罐頭肉，看著從這個深處望過去，所能看見的房屋一面，媽媽側對著他，坐在沙發上看電視。

這時他就把碗放在流理檯上，從後門走出去了。他走到倉庫，那是家人堆放雜物的地方，裡面還養了一隻狗，因為媽媽愛乾淨所以就把狗藏在倉庫裡，像什麼在守護地心的友善冥犬一樣，一見光，一聞到人的氣味，就會撲上來撒歡，一面拚命搖尾巴，拚命到讓人傷心的程度。他走進倉庫關了門，在看不太清楚的幽暗裡，邊好好地撫摸了這隻破布團般的爛狗，邊輕輕叫喚牠的小名，讓牠習慣他的在場。說來，這狗有很多小名，爸爸媽媽叫一個，偶爾回家的哥哥叫一個，他自己則給牠取了另一個。好在狗也並不在意，說不定，牠會以為這些人類反覆呼喚的，是他們各自的名字。像是在黑暗中一根接一根擦亮火柴，才能看清事物的人一樣，牠說不定想，這些人是在藉著一次次說出自己的名字，來安放自己在沒有限界的黑暗裡不消失。牠的眼神總是信任的，帶著一種溼潤潤的，溫和而哀傷的憐憫，牠最厲害的就是上述兩者在牠的眼神裡並不衝突，像是很自然地，牠若要信任他，牠就不能不同情他。

他讓牠好好地趴下了，同時也才算適應幽暗，看比較清楚了倉庫。這時他不禁遺憾，自己竟把那碗罐頭肉忘在廚房裡，沒拿來招待牠吃一餐，同時他也發現自己在倉庫裡找不到合適的繩索。但現在要再出去也許太遲了，實在因為他沒時間再冒一次險，光是想起，他就覺得自己沒辦法達成，關於走進光裡，走回媽媽總是在那的家，去廚房取那碗肉，也許，還要說點什麼，回答她無意義的問話不讓她跟來。然後是這爛狗，會像記憶被洗掉一樣讓撒歡與搖尾的步驟，完美地再來一遍，光是這樣將全副程序想像過一回，他就覺得自己快瘋了。所以沒辦法了，他就把自己褲子的皮帶脫下來了。皮帶打圈後竟然就太短了，綁不上倉庫的橫梁，好在，他在橫梁上發現一個掛勾，終於順利將皮帶掛了上去，跟著，他將自己也掛了上去。有一瞬間很安靜，晶瑩而透亮，像一個非常完美的上升氣泡。但非常快，首先是那爛狗背叛他了，牠跳躍起來，瘋狂大叫，一聲接一聲，吊在橫梁下的他，都能感覺整座倉庫被牠震得快翻了。其次卻更重要的，其實是他自己背叛了自己。他發現那比預期的痛，當脖子的皮膚被皮帶拉扯時，他覺得真是痛得要命。

他不由自主騰挪了一下，這麼一動，他就發現自己不能好好地窒息，無論如何，總能吸到一絲空氣。疼痛的感覺，讓他向來不協調的身體，有了一個統一的意志，它們合力爭取那一絲空氣，意外頑強，而他與它們奮戰著，直到這劇烈的拉扯扯下了橫梁上的掛勾，他從半空中跌落地面。他猜想，他恐怕是發出了異常巨大的聲響，因為那爛狗被他嚇到了，不叫了，靠過來，遲疑地望著他。因為倉庫門打開了，媽媽就站在那裡。他馬上站起來，脖子上掛著皮帶，皮帶上掛著掛勾，手提著褲頭，一言不語越過媽媽身旁。媽媽跟著，爛狗跟著，大概整個社區和那離家不遠的公司全體也皆都跟著，這不知為何，給他一種過於那時好淫穢又好天真的感覺。他回到客廳，手摀著臉，不能阻止媽媽靠過來，一下一下撫拍著他的背。透過指縫，他看見爛狗怯生生地一步一試探，在廳裡拖曳著掩不住的歡樂。這時他就聽見媽媽在他身後，還不斷撫拍他的背，然後用一種像是他小時候感冒或牙痛時，有一點嚴肅又有一點親暱，表示實在拿你沒辦法，但因為我愛護你嘛也只好這樣了的聲音跟他說，下午幫你跟公司請假好嗎。故事就這麼結束了。

我想起自己等候入伍的時日，每天都傍晚坐在小徑旁等待。我等待有一個時刻，當防風林裡的棲鳥失神亂竄，這時他媽媽，也就是我奶奶，就會放下她手邊的事，無論是正做著什麼事。她會走進屋裡，走過停靈的，腳被修復，脖子也被好好接上了的他身旁，走到廚房一處角落坐下。那個角落頂上吊著鹹魚，旁邊放著米缸，和一籮筐的瓜果菜蔬。那籮筐裡總有冬瓜，因老沙岬的瘠地善孵冬瓜，那些瘠地冬瓜非一般冬瓜可比，它們表面的纖毛十分頑強，碰到時，會奇癢無比。但她不在意碰到會癢，也似乎終於可以不在乎任何形式的整潔，她開始哭泣，哭她終於還是失去了自己生養過的，最末的這名孩子。但那其實不僅只是哭泣，比較像是一種彷彿有固定詞段的吟唱，那些重複迴旋的吟唱像是一種保護，讓她終於可以坦露一種悲傷，在那個背光的家常角落裡。我總是聽著，總是等待她哭泣完，總是在我那公正嚴明的爸爸一來扶她時，她就很突兀地哭完了，好像她身上有裝開關。但其實是她不要聽我爸爸再罵一切已經都好了的他，罵他不孝。

她會很乾脆地擦乾眼淚，尋回她手邊的事，再默默在心裡蓄積一晝夜的眼淚，再在傍晚坐回原地，在吟唱的保護下繼續哭。我等著在那段時日裡，這樣的場景日日重複。我很有耐心，等著那段時日結束，瘠地之上一切也都無聲地容讓那特別的冬瓜繼續孵。這時我的心裡就像同時孵著兩個祕密，一個是他聽不見的她的哭聲，另一個是她看不懂的他改寫的故事。這時一方面我覺得我也看不懂了，也就像是個孩子，另一方面卻也覺得事實上，在沉默中的獨自發現，似乎幫助我更理解他，與親近他。因我猜想，我正日漸進入一個他也熟悉的困局，開始遷延所有期程，該見的人總提不起力氣去見，該做的事結果一件也沒有完成，總覺得每項舉措都牽涉過於費心的投注，而實情是，這些時日我覺得自己很沒用，常常連做為籌碼的語言，都找不著了。因為一切都那樣安靜，像是事情才要開始發生，而我像他一樣，仍凝視牆上那個蒼白的點，那裡可能有咖啡，卷宗，辦公室或流理檯，像他正安靜思索所有我們老沙岬所匱乏的，我遷延所有期程，開始改寫一則故事。

字母會

駱以軍

賭局

J

賭局

Jeu

那三連棟水泥小屋在一片像綠色海洋的田中間，竹籬笆圍著原本有點像曬穀場的前院。在我小學五、六年級，一直到國一、國二吧，每到寒暑假，我母親（她是個可憐的上班族婦女）便會讓我和我哥、我姊、後來幾年就只有我了，從永和轉搭三班公車，像顛晃輪船漫長旅程一路搖晃到內湖。我們在那公車總站的前一站下車，是一條砂石車轟隆捲起灰煙漫天的荒涼馬路，我們從小路鑽進那一望無際的稻田，再走大約十五分鐘，就會看到我阿姨那「鄉間的小屋」。

我阿姨是個高大且身形像「辛普森家族」那個媽媽，下盤（肚子、臀部、大腿）肥胖到超現實，也就是像一口移動的鐘那樣的女人。很遺憾我如今對那，可能是我童年唯一的「鄉下」印象，竟也無法調度更多在稻禾中的爛泥牆抓蜻蜓、或撥開比身體高的芒草叢又鑽進另個祕境這一類記憶細節。只記得無邊無際包圍著那排小屋的，灰綠色蠟筆般的田野。我阿姨家是三連棟中間的那戶，她好像非常業餘地開著漫畫出租店。我記得那地板粗陋仍發出腥騷味的水泥地客廳，一排排鉛藍色小圓孔組合鐵架上，排列的全是那種像百科全書一樣厚，但紙質像燒給鬼神的冥錢一樣，又厚又粗糙的那年代的漫畫《諸葛四郎》；劉興欽的《機器人和大嬸婆》；或是類似《封神演義》、《薛丁山與樊梨花》這樣神仙互從掌中祭出法器、對戰將軍各拿幻逸名字的長兵器過陣；或是山寨版的日本假面超人。我很疑惑那方圓幾里人煙稀罕的田中央，會有什麼人來租這些漫畫？而那漫畫中，線條粗糙、油印模糊但潦亂紛繁的世界，和我永和那個塞擠在積木般街道、商家、車輛、文具店裡印刷精美紙張潔白光滑的日系少年漫畫《好小子》、《天才釣手》、《怪醫秦博士》——簡而言之，「城裡」——感覺是個脫落鎖鉤而被停棄在鄉間小鐵道上的一節破爛車廂，其他那整列跟著時代火車頭冒煙嗚嗚往未來前進的「我生活其中的那個世界」，早不知跑到多遠之境了。

對那田中小屋，有一個清晰但截斷的畫面：夜裡上廁所，一按開懸掛著一顆黃光燈泡的開關，整面牆像現在液晶螢幕的油畫保護程式，流動著，那是上萬隻被光驚擾而踩踏同伴身上的蟑螂。或是，偶有幾個清晨，我會發現三、四隻麻雀的屍體，兩腳直蹺，死在那前院的水泥地面。

再來的就像夢了。有幾個無大人在的午後，我拉著五歲的明表妹，到那前院竹籬笆旁和一堆貨架的角落，像哄她玩遊戲，翻起她的小洋裝，脫掉小內褲，看（近距觀察、或撥弄）那小小的肚子下方的陰部。

我姨丈則是在公家機關開車的司機，事實上，那三幢被漫野稻田包圍的竹籬笆水泥小屋，三個男主人都是幫這個公家機關開車的司機，我記得我住他們家的那幾天的早晨，我姨丈和左右兩間的伯伯，各自坐上他們一模一樣亮藍色Suzuki那種說不出是廂型車或吉普車的駕駛座，普普普普冒著白煙。他們可能互相在清晨空氣中寒喧兩句，那在孩子眼中有種說不出的神氣勁。然後三輛車揚塵而去。這很怪，我甚至想不起這三個男人是否穿著制服？他們是同事相約合買這田中一小塊，合力蓋了這三連間的簡陋水泥平房？或這就是他們那機關給司機的宿舍？

我這姨丈是個沉默的老好人，後來，我父親中風住院那兩年，只有他，每天大老遠，從南港轉幾趟公車，到關渡那間破醫院，坐在病床旁陪我爸。他很怕我父親。他是典型當年被國民黨抓伕，一路穿草鞋單衣抓旱地裡野鼠，破艙爛子彈死裡逃生跑來臺灣的小兵。我猜他大字不識幾個。在他眼中，我爸是「先生」，是讀書人。而我爸對這位連襟，也像那年代某些性子急的，有點社會見識的長兄，見著面總毫不遮掩他的不耐煩。即使我爸那時已癱臥在床，嘴裡插著鼻胃管、手臂扎滿點滴和連著儀器的電線、褲檔包著尿布，無法自由行動和說話。我姨丈坐一旁椅子上，拿著自己每日帶來的便當，一筷子一筷子撥入口，仍像個隨侍在長官身旁的傳令，腰桿打直，每個細微動作都恭謹而小心翼翼。

後來我姨丈反倒先我父親過世他是突然在醫院電梯裡心肌梗塞倒地，人們慌亂將之送去急診室（前後恐怕沒耽擱五分鐘），人已經走了。據說死時的臉，非常驚懼恐怖，眼和嘴皆大大張著。

當然現在回想起我父親（他在我姨丈過去後兩年才離世）和姨丈的死（手忙腳亂、哭哭啼啼、一堆老師兄師姐滑稽地擠到我家那小客廳念經，很不巧我家廁所的馬桶恰好壞了，因此二三十人一夜弄得臭烘烘的，還有那些跟葬儀有關的繁瑣細節），都是十幾年前的事了，一切像風中散掉的煙霧，如此輕淡。

我阿姨則在醫院（和我父親臥病、姨丈過世的那間醫院，完全無關的另一間醫院）地下室的「配餐中心」，當那種打菜然後將餐盤送至蟻巢般的每間病房每張床位的，老歐巴桑。你如果在某間醫院走廊、或電梯裡，見到那種戴著棉布罩帽、口罩、穿著粉紅色罩袍，身形像一口巨大的鐘、推著一輛小餐車的老婦，那很可能就是我阿姨。

我母親和我阿姨都是養女，出身貧苦，但我母親從小刻苦好學，後來嫁給她專科的老師，也就是我爸。我阿姨則渾渾噩噩，和我外婆一個鼻孔出氣（我從小聽我母親的童年回憶，她簡直就是灰姑娘，我外婆和我阿姨則是仙度娜拉的後母和姊姊）。小學畢業後就賴在那破陋貧民區的小巷爛屋裡，東家長西家短鄰里八卦。有一天年紀到了，就迷迷糊糊嫁給我那個「悶葫蘆打不出個屁」的小兵姨丈。

那個明表妹也變成個胖大的婦人，那像是從母親那邊挖了一勺什麼湯頭、藥引或濃縮泡劑，放進她這裡，便複製成一大鍋一模一樣的，怎麼說呢，「生命的延續」。我是在那姨丈的葬禮，看到她長大後的模樣，她哭成個淚人兒，但整個印象像個尺寸放大的胖娃娃。我記得我和妻子在那喪棚，到靈堂前捻香，然後走向一旁穿戴著簑帽麻衣的阿姨、她和更小的另兩個表妹（她們反而塊頭不像母親）致意，混亂中我看見（不曉得是否我多心？）明表妹淚眼婆娑，深深看了我一眼。

我開車載著我母親、兄姊、我妻子，離開那喪棚（那些悲傷的、穿著的夾克集體發出一股酸臭味的老人們；那些顏色潦亂的罐頭塔和菊花花架；讓人感受到小學書法課遺忘許久的毛筆、墨汁、宣紙的輓聯；那拿著擴音喇叭哭喊著慘不忍睹的「孝女白琴」——應該是整套由葬儀社包下的），在陽光反射的街道上行駛了許久，內心才像恐懼的小男孩，拎著一水袋偷來卻不知該養在哪的金魚，你想把牠倒進馬路旁水溝蓋孔洞，卻感受牠在那水袋裡隔一陣嘩啦掙跳一下的生命。

她都記得。

那種像要忍住胃液逆流的嘔吐感。那時她或才五、六歲吧？那個稻田中，竹籬笆圍住，蟬鳴喧天的夏日，阿姨家那其實算是「窮人家」的，擺放了一排排鐵架的大本漫畫、地板是最原始的糊水泥抹平……那一切又回來了。像在水族箱底部的蜆貝，從殼縫露出透明柔軟的嫩肉。那樣的女童陰部，像白沙那樣的潔白。想不起少年的自己為什麼要去做那樣的事？近距離觀看，翻撥開，一點性的氣味都沒有。「原來這就是那個」。

但似乎突然，你得要，認賠，那之後三十多年的，她膨脹成像遊樂園裡那穿上另一個卡通動物偶的大頭大身體吉祥物的人生。還有他自己的人生。

那麼靜默的，無人知曉的，規格像同樣年齡的少年，在屋角弄死一隻灰色壁虎，那樣的小事。應該是一個多月後吧，明表妹打了個電話，約我在八德路復興北路口一間咖啡屋碰面。那應是她上班公司附近。我想如何描述那近乎醉鬼腦中冰塊磕碰卻其實無比清明的感覺，才不會過於粗糙急促？那就像，是的，就像是，你坐在無比寬闊，厚地毯，遠近人影像雷諾瓦的畫，溫度過低的，澳門的某一間豪華賭場。你對面坐著戴著白絲絨手套沉默洗牌的荷官。她從肩膀、手臂、手腕到手指的每個動作，都像交響樂團指揮，帶著一種高度訓練後，可以分解成一格一格的機械感。這只是無數個夜晚中其中一個夜晚罷了。你和她之間，堆疊著紅色、綠色、藍色的小圓形塑膠籌碼。你該猜什麼，等待什麼，腦中快速運算什麼，或是無感性的相信機率，頹然地等待一把一把「應當的輸去」……

都沒有用。

我們坐下之後，明表妹的第一句話是：「表嫂好美。」潮溼良善像母牛那樣的眼睛。我突然想起很多年前，我的婚禮，她混在親友群中來敬酒時（那時就像麵團發酵那樣白胖了），也是這麼一句：「表嫂好美。」我該裝作什麼都不記得了？三十幾年前的事，也許那年代每個男孩都曾對他們五歲的表妹做過那樣的事？我們各自有家庭兒女了，妳想要什麼？躲入人群裡，就是個臉孔模糊，家族稱謂但關係冷淡的表哥。或者是，認賠，對她說：「是的我全記得。」進入那時光祕境成為她的共謀。

我心想希望她不要像個（電影裡那樣的）胖太太般說話，但她就那樣做了。她拿了一大袋那種美國玩具（像芝麻街布偶那樣的玩意兒）說要給我孩子：鮮藍亮橘相間條紋的胖長頸鹿連著一枚讓嬰兒練習咬合的大塑膠圈、有一串鈴噹的粉紅花小猴子、或同樣那種紫色粉綠色奶油黃讓人眼花撩亂內裡塞了棉花的布縫瓢蟲或真實世界沒有那種長相的小狗……那很像拿出一袋豬內臟送給親戚。她說那是她的公司在賣的，我想告訴她我孩子都已過了那年紀。

籌碼加重了。我心裡想。

不確定是在我的哪本小說開始（事情應發生在我三十多歲，發憤寫長篇，那最初的一兩本書），我發現了一個祕密：即我每寫一本對我自己重要如銀河無人觀測區域某顆恆星爆炸的小說，便會失去一個對我生命最無法承受其失之慟的人。喔不，一開始是那隻我最愛的狗（在牠之前，之後，我養過不同隻的狗，但都無法取代「牠是我最愛」的意義）突然死去，在我那部家族小說結束前一個月。當時牠才六歲，以犬類來說太短命了。我忍住悲傷把作品完成，開車到當時還未通車的雪隧高速公路狂飆，讓自己在駕駛座上釋放、痛哭。之後是那未引起爭論，假託寫給一位自殺死去的友人的小說，當我交稿給出版社的一週後，我父親在大陸旅遊時小腦爆裂大出血，醫學定義的死亡是在四年後，但我內心最深處，他是在那時就離開了。之後的幾本書，就不提了，總有對我無比珍貴之物，像浮士德與魔鬼的交換，每當我完成一本自覺可「瀆神」的「擲地無聲之書——但其實已扭曲神的巨大鐘面其中最小最小一格刻度的作品」，噩夢和災難總像颱風來襲摧毀一次我悲慘的情感小木屋。事實上，當我完成那部，可能對我個人創作生涯最大最重要的，「那部小說」時，我失去了我的妻子。

這都不是我這個故事想說的。但對我來說，那之後的再一本，再下一本小說，「祂」還有什麼可以從我身上收走，做為交換？我像在草原上跑跑停停，想詭騙過天上盤桓、隨時俯衝攫取、獵殺鷹隼的野兔，又害怕又絕望，但忍不住僥倖地想：這次呢？這次會拿走什麼呢？

那時我坐在這個已變成胖婦人的表妹的對面，很多很多年前我的手指(可能分別是左右手的食指和中指)朝兩側將才五歲的她的陰唇撐撥開的特寫，像一個被自己的無限大重力吞噬星體的一切礦石、氣體、高溫，像將青蛙或蛇的皮翻轉成一個「顛倒口袋」的黑洞。什麼都不存有，不是「負的存有」，任何發生和創造，才出現就被那時空風暴吞吸進去。我還有什麼可以輸的？身敗名裂？人間失格？喔，這些比起對方牌桌前堆得像小山般纍纍、發出炫目漆色的時光籌碼，簡直就連霉頭都不算。因為那個牽著五歲小女孩無比信任，走到大人不知道的角落祕境，讓她脫下小內褲將貝類那樣柔軟的陰部翻開的少年的我，便被玄鐵鐵鍊鎖著，沉到暗不見光的深海海底。它開啟了我「這樣寫小說」的第一個窟窿，像用魚刀戳進魚鰓鱗下顏色較淺，內部結構較脆弱的部位。

明表妹說著她的公司代理進口的那些「無毒玩具，ELMO，ABBY，那些像老市場被滾水脫過羽毛，光禿禿沒有禽鳥流線體態的，拎著長脖子的雞」。「玩偶是孩子最棒的語言訓練師。」她的公司上至經理，下至像她這樣無足輕重的營銷員，每項產品，每個人都用每隻手指玩過。「很好玩喔，我們還要考試，幫這些玩偶穿衣服，穿褲子，穿鞋子，扣鈕組，拉拉鍊……」胖胖的臉無憂地笑著。我心裡想：這應該就是切進那孩童隱密、純真、又猥褻的窄道之簧片，咔擦輕微一聲的暗號了吧？接下來她會對我說什麼。她老公會打她。這三十年來她沒有一天不被那模糊噩夢侵擾。她不快樂？她患了「自我形象憎惡症」，每天看到鏡子裡的自己就想嘔吐？我心裡想著：不，這不是妳可以和我對賭的，妳弄錯了，是我的小說之神在我們最開始像雙黃卵的卵殼中，縛纏在一起的，骨架羽毛癟癟的頭，和液態湯汁混在一起的小世界，祂循我靈魂陶瓷引擎的裂縫，找到那我還可以推倒籌碼梭哈的，「這一把」。但我其實準備好，若是她攤牌，我只能像個將被伊斯蘭聖戰士在鏡頭前砍頭的西方俘虜，微弱地哀求：「請別讓妳表嫂知道。」

或許我該，在之後我們走出這間咖啡屋，把她從這熙來攘往的大街人群中誘騙，鑽進那綠漆鋼板隔住的巨樓土地的巷弄，再鑽進更小的巷弄，像當年的我與五歲的她之間心智與時間籌碼的差距，左拐右臂，總找到一恰好無人之境。勒住她胖短的脖子和手臂。殺了她？（不，我沒殺過人，一點點關於殺人這事的實體感都沒出現過我腦海）「其實我只是要像抽出烏賊腔體的鰾鮹，抽出妳裡面的那段，那默片般的記憶。」

但她始終用非常謹守某種難以細描、自認卑敬的禮儀對我說話，譬如，「表哥」，「您」，似乎即使我們坐在這流光幻影之城，路旁的一間咖啡屋，我倆仍確定處在不同階層的世界。那使我曾想過其中一種親狎隱晦（動之以情）的牌，懸困在我指端而無比放進我和她（這麼多年後）之間的桌上。一直到我們該站起離開，結束這讓我不知所謂的咖啡時光，「您能不能告訴我，那時您都看見了些什麼？」

如果有人在此時此刻，從旁停下那漫天紛飛，瞬變幻化的眼球快轉，觀察到我們這一桌男女，他會發現那男的滿臉漲紅，嘴唇哆嗦；坐對面那個胖大婦人，卻像一尊俄羅斯娃娃，一臉端莊、睜大睫毛翻翹的雙眼，像坐著其實大圓布裙正在分娩的聖母。

我艱難地，聲音像蚊子般地說：「沒什麼特別的，妳知道，就像近距觀看一朵清晨百合一樣。」

我們又在那像炭筆素描的對位姿勢沉默了好一會兒，明表妹才嘆口氣

（滿意地）：「謝謝你。」然後像個胖女人謹慎地將自己瞞著丈夫、小孩，偷偷投保的保單，摺疊放進包包（雖然並沒有那份保單，但她確實像對著虛空做了那串動作），有禮但不容商量地說：「那我們下禮拜，同時間，同樣在這裡見喔。」

字母會 賭局

潘怡帆

評論

J

Jeu

六位小說家，六場對賭，關於棄賭的、原罪的、計算的、死亡的、性愛或不能不賭的。在一擲一瞬間，展開無限下注的必然萬劫不復。

黃崇凱以一再精算的風險控管遠離賭局。夾娃娃機、扭蛋機、老鼠會、插股、文學獎……乍看不吝投身賭局的頻頻下注，其實是早已劃定底線的風險控制：轉租機臺的分擔風險、盜版禮品來降低賠率、老鼠會拉客愈多抽成愈多、意思意思的插股、破解文學獎密碼的投稿比賽……每次下注都先預投保險與預設底線，如同巴斯卡以雙贏破解賭局，使下注喪失意義。Nothing to lose取消博弈的興味，零輪局的賭博如未曾進場的旁觀。光站在安穩的摩天大樓中向外眺望則不會理解跑酷、飛鼠裝滑翔、攀樓或登峰等極限運動所實踐的純粹冒險，那是la vie ou la mort（生或死）的安全感抹除，是成為自我絕對主宰的全面掌控與自願投身無可預測的俄羅斯輪盤之中，是以全權決定之姿對徹底失控的效忠。因而，賭局涉及的總已是毫無轉圜的孤注一擲，不是因為只玩一次，而是因為每一次都是獻身死亡的最後一次。在輸贏各半的機率中，它以絕對失衡的「偏執」威力，挑釁宇宙秩序，諷刺審思慎行；在毫無贏面之餘，決定下注，當勝券在握之時，放棄賭局。賭不是守規矩地老實遊戲，而是破壞規則地砍掉腦袋，它以極速對決思考，以瞬時決定癱瘓任何思考的可能。賭局使一切經驗失效，是腎上腺素爆棚的激爽一瞬，它因而使人陶醉，通過下注傾聽咔噠咔噠轉動的命運齒輪聲。然而黃崇凱讓小說步步為營，幾番近乎涉入險境的腳尖總在觸水的瞬間縮起，狀似輕鬆的「走撞款物仔、動頭殼、想點新步數、稍節一下、提供工傷醫美治療、得獎公式……」再再都指向更精緻更計算的賭局規畫。而正是在勝利旗幟全面包場的盛大催眠裡，仍沉浸在「贏者全拿」歡愉中的讀者彷彿聽見賭局的奸冷笑聲：「我食指甩著鑰匙圈，踱到門外，走向貼著騎樓的機臺。機身裝飾燈光被陽光吃掉，細微的音效射入空曠早晨，我記得裡面有十幾張來客三百元折價券、幾張來店免費大獎、十幾張指定玩具使用券、幾張角色扮演券、二十幾張實用小物禮品券。但櫥窗裡面，只剩下機械爪子靜靜懸掛，閃閃發亮。」從這一瞬間，黃崇凱的賭局正式進場。

駱以軍與「原罪」對賭。原罪不是任何犯罪，它不來自於「我」犯了什麼錯，或者「我」的出生是個錯誤，而在於「我」即是罪惡，是導致罪惡發生的可能，是神對犯罪者亞當的創造，而有別於神的亞當犯了罪。我所是的存在（城市的、日系漫畫般精美的、讀書人的、有見識的）使我阿姨的在場相應地蛻成充滿腥騷味的、山寨臺版粗鄙破陋的、渾渾噩噩的與滑稽八卦的。面對這個我既無能為力（非我所能決定或改變的）卻嫌惡的窘迫，突然湧現的是「胃液逆流的嘔吐感」，那像是不知該如何脫手的亟欲閃避，是學會辨識優劣之後湧現的局促羞恥感，是為了自己無可挽回的存在而萌生罪惡感的「你得要，認賠」。唯有先承認自己有罪，才可能獲得救贖，然而，要實踐懺悔，必須使自己的犯罪證據確鑿。因此，為了認罪，必須先犯罪，為被救贖，必須詆毀神的聖／貞潔：「翻起她（明表妹）的小洋裝，脫掉小內褲。」少年「我」手指所撐開的，是五歲表妹的陰唇，這唯一一場確切的犯罪，夢境般地一再鞭笞與重現，它無法取消，因為它不是「我」真正受苦的原因（「這像是」在屋角弄死一隻灰色壁虎，那樣的小事），卻是使「我」能夠為此受刑的理由（「原來」她都記得）。犯罪是企圖脫出原罪，與神對賭的逆轉勝，是為了能透過認罪的告解，以反覆重演的自責，兌換「被神赦免」且贖回純真，像用釘上十字架的酷刑換回百合般的神格犒賞（基督）。犯罪成為「我」與表妹脫俗還聖的合謀，我以犯罪定位原罪，以告解從知錯中被釋放，表妹則以赦免罪犯，從卑微中綻放聖容。通過犯罪僭越原罪，這是倒置神邏輯的取巧，是魔鬼的交易。企圖以罪易（原）罪來詭騙上天，與虎謀皮終將招致噩夢過境後的噩夢接續，因為犯罪總已是顛倒的入口，使任何希冀一出現便遭「應當的輸去」吞吸的罪的定讞。敘述者「我」為了否決自我而犯下的罪行，既是瀆神（企圖從上帝賦予的原罪中逃脫），亦是成為原罪禁臠的證明／落實有罪。懺悔既以「承認有罪」的方式驗證原罪的在場，也總已犯下預謀逃逸的另一樁背神罪，由是，只要百合花（救贖）仍被想望，致使原罪的犯罪便無法離開賭局地仍繼續輸著、更輸……

胡淑雯以精密的細節編織，繁衍賭局中的偶然。小說中的每顆字句都跳動在風險、算計、危險與冒險的邊緣上，如履薄冰地飛速前進。敘述者賭公車的來或不來，天候的雨大雨小，便車的算計或偶然，時間的遲或早，撐傘、冒雨或遭遇騷擾的公車，下注成為故事的主調，「蓄滿了生殖的微粒」繁衍著賭局的無所不生。賭與直覺或衝動劃清界線，因為「直覺或衝動，是日復一日細瑣的生活經驗累積而來的判斷，根本算不上冒險」。判斷為眼前的事件定下最後結論，是無轉圜的一擊即斃，或者算計、色誘、騷擾……一言以蔽。然而，賭是冒險，是對未定的擴延，是通過不斷設局的計算，以便不破局地把世界逐步收歛入遊戲之中。計算的因此不是賭局，而是賭的如何延續，必須先置身陷阱才可能展開冒險，陷阱則需要偽裝其所是的易容。於是「公車老邁、無法慫恿的雨」幫忙搭便車布下巧局，窄路、細雨與猶豫成了擠進「掌心」陷阱的幫凶，毫無覺察的父母與天才教室為美術老師圍捕幼童。遊俠騎士的宣稱使吉訶德的世界從平庸成為冒險，他踩入自己所編織的荊棘賭局之中，並努力地不掉出遊戲之外，由是，開始了一場與魔鬼鬥陣的共舞。在騷擾遊戲中搶快取勝（糾眾處理、告狀、派出所）只可能中止遊戲，唯有潛沉在耐心裡移動，才能讓陷阱從貌似雙人的遊戲中脫模。有別於遊戲建立或遵循規則的默契，賭局篡奪既有法則，重布冷酷陷阱，使原本理當被鎊入陰影中的「她轉過身，面向他」，將原始的狩獵者擠出莊家的位置（誰比誰害怕，誰比誰驚慌）。「她」重織獵物戰場，延續賭局，已標記（原子筆痕）的獵物從公車縱入城市，在顛躓的奔逃間重繪牢籠的邊界和律則。賭局以「原則的無限增生」造就「原則的絕對缺席」，增生的變動性悖反於原則的絕對性（一定如此的固定不變），原則的無限增生於是成為賭（注）對設局的不斷崩毀與重置：原則的絕對缺席！在一腳踏入賭局的瞬間，一切皆同為陷阱亦是籌碼（鞋子太大太小都咬人、不算黑夜也不是白天、不清不楚、不明不白），誰都再也脫不了身的，「不超前也不落後」地只能重複編織陷阱，不斷進入賭局「結清與恢復」的無限循環中。

童偉格以死亡在場的「遷延」對賭死去的「終了」。死亡的在場不同於現世中一了百了的死去，後者短促且乏善可陳地一刀兩斷，小說一開場，便已被乾淨地處理完畢：「只剩下一條腿的他（叔叔），就兩步一跳地跳進靠海那面的防風林裡，把自己吊死了。」相反的，死亡的在場往往始於死去之後，是未亡人繼承的在場。童偉格說，這叫「放流尾」，放流到尾，這既是淨空的「一無所謂了」，亦是「什麼東西的尾巴都有一些」，例如，擱淺於敘述者「我」之中的，我想像我死去的叔叔。做為死者的後繼替身，生者把業已中斷的生命繼續下去。然而那是籠罩在死亡裡的遷延運動，以死去為起點，未亡人行走於（叔叔）死後世界。以奶奶為軌道，死去叔叔與未亡人「我」形成楊凱麟所謂「不共可能的域內」接力循環（奶奶最小的兒子與最大的孫子）：我在河這邊的家鄉，他過河念高中，等我過河，他把棒子交付給我，我返鄉，「我叔叔就死了」。接力構成的域內循環，使敘述者除了面對「他的脖子，和重考班標記般的，髮根青短的後腦勺」以外，無法看見那始終先於「我」也背對「我」，被切除在不可見域外的我叔叔的面孔與真實的神情。這因而是無法交談的接力，是使「我」蛻成他的死亡想像。叔叔曾改寫主角從死亡處折返的故事，「脖子上掛著皮帶，皮帶上掛著掛勾，手提著褲頭，一言不語越過媽媽身邊。媽媽跟著，爛狗跟著，……，在廳裡拖曳著掩不住的歡樂。」「死去」從盡頭（fin）交界／接往請假的暫停（pause），只需等害完病（腳被修復，脖子也被好好接上了），叔叔便能從死去的定局，回到敘述者繼承的「死亡在場」，像是事情才要開始發生，切換開關的定時哭泣，哭泣標誌著死去業已發生，才開始的事情則說明死亡業已交接，等待啟動下一輪循環。敘述者不繼承叔叔，而延續叔叔的死亡，使死亡蛻成活體。唯有死亡在場，才能聽見痛失小兒子的母親無止盡的哭泣，才能使死去的叔叔無止盡的歸來。未亡人以活著經歷（他人）死亡，使死亡鮮活，然而，繼承死亡在場也使敘述者身處「不屬於我（而屬於叔叔）」的死亡，從「我不再是我」陷入「我不在」的死亡恐懼：「我正日漸進入一個他也熟悉的困局。」死亡的在場是對死去的無限鄰近，唯獨通過一再改寫那永恆蒼白的同一點（死去），才能從地獄門前再次折返，以死亡在場不斷遷延死去。

陳雪以性賭愛，以錯置彰顯賭局特有的「總是意外」。小說裡的意外非指網路與現實的落差：跪求真情其實是純性愛，追求陌生的刺激（匿名時空與人）卻總換來無以計數的陳套情話與速食戀愛……「語焉不詳」是進入聊天室裡鐵的守則（深深深藍、一夜溫柔、終極快感），「語」和「義」的分歧早已在預料之內，沒有太多意外。在網路虛擬的介面上涉險，如明知故犯的玩火，是尋覓已經尋獲之物，是未曾進入真正賭局的「在遊戲之外」。虛擬的愛情狀似多元、陌生與忐忑，其實是重複「幾乎都是一樣的動作」的空洞循環（這些事情都發生過了，不只兩次，而是上百次），在不同的假想中玩著制式的遊戲。網路戀愛因而不存在危機，沒有冒險，更無關愛情的賭注（隨興、隨性、隨幸），投身被預警或被期待的危機稱不上真正涉險，即使死亡也只是已知的選項之一，而無意外。這是何以當阿龍違反網路默契，在娜娜（或小娜）的虛擬愛情遊戲中搏真，成為足以啟動意外的恐怖。阿龍連結「話語」與「真實」，用毫無轉圜的戀愛（語氣之認真使人納悶）剝下娜娜「天真少女」的求愛裝扮，把虛構的迴路世界拗直成單薄顫抖的真愛對賭。阿龍的恐怖不出自於他的暴虐（遠不及那酷愛被綑綁的板橋中年男人），他也不比那個「只舔不做」的男人奇怪。恰恰相反的，他的言行合一與毫無意外的正常成為虛擬國度裡最不可測度的純粹陌異，他破壞「應當有落差」的預期，使語言成為無法反芻，不留餘地也無退路的直接梭哈，那是「一次為了所有次」的唯一一擲：以談戀愛「召喚絕對不可能出現的，愛的可能」。然而，阿龍並非遊戲的終結，而是賭局的重新打開。透過他，虛構話流的陷阱不僅止於名實相違（網路絕無真心話），更因為「言說」的名實相符導致一切規則的破局：從「我說謊」到「我說」的無從辨識虛構。無規則既是遵循的不能，也是不能遵循的不能，是相信的不能，也是不能相信的萬萬不能，因而，它在不可能之後重啟可能，在躍出懸崖後開始設局，是投身於未知的蛻為行動。

顏忠賢通過舞蹈展演「以賭待賭」的賭局。舞蹈始於慶典、儀式、降靈與各種情緒的表達，與其說是目的，毋寧更近似通向目標的行動。因此，舞蹈總已是「指往彼處」的待命，它等待未知，等待將臨的發生，以蓄勢待發等待潰堤之瞬。然而舞蹈的待命不是不動，它必須以舞蹈來等待，以舞待舞，待神靈附體、待情緒到位，待共通、共鳴與共體，舞是賭，賭會來、賭發生、賭「不賭」的不可能性，因為賭局在尚未開始前已經誕生。顏忠賢的賭局因而不涉及玩什麼遊戲、以什麼下注、豪賭或小賭，而是賭「賭的可能」，以舞蹈指出賭的致命誘惑與絕對可能。顏忠賢說：「你們不是來待命的……」，因為舞蹈排練不僅止於走位、順節奏、對拍子或是定方位，一開始總是一個練習、一個儀式或一種架勢，然而，在練習中卻不斷越界成真實的舞蹈上身，使排練不再是關於「正式上演」的情境模擬，不是「術」的操作，而是已然降靈。因而，舞蹈的待命以虛構行動等待意境切換，以「舞術」對賭「非術之舞」，以試煉極限，認識極限。舞蹈中開顯的，從來不是無關舞蹈的境外之物，不是熱身前的身體，不是一開始舞動的身體，亦非智性的舞蹈規畫，而是通過舞蹈迫使一切未知親臨舞蹈之中的入魔。因此，從舞蹈中誕生的只有舞蹈，只有身體，卻不是我們認識的身體，不是我們規劃的舞蹈，是未知的身體，是入魔的舞蹈，是「我不是」對「我是」的重識，是神對舞蹈的安置意義。不存在轉念就能全身而退的「不賭」，遠離賭局已是對「賭」的加碼獻身，以「不賭」下注這棋中棋的賭局，在離開棋盤的同時，總已察覺自己身陷另一場更全面的，以生命為規模的賭局。如同小說不斷從一場電影切入另一場舞蹈，從舞蹈再切換到另一場電影與另一個夢境，牆上塗鴉的出口是出不去的撞壁。賭即下決定，無論是選擇賭一場的凱薩或徹底拒絕的巴特比，賭局皆已伺機埋伏布陣，他們在選擇或逃離中深陷賭局的吃人流沙，通過使下一場賭局發生與不斷湧現，進入「對賭」的魔鬼遊戲。在顏忠賢小說的啟示中，我們得知，巴斯卡「逢賭必贏」的詐賭消弭不了賭局。通過鑽研賠率，他已遭賭附魔，在「贏的話全贏，輸的話什麼都沒輸」的賭局誘惑中，巴斯卡已輸誠為「勸賭」的忠心使徒。

作者簡介

◉策畫

楊凱麟

一九六八年生，嘉義人。巴黎第八大學哲學場域與轉型研究所博士，臺北藝術大學藝術跨域研究所教授。研究當代法國哲學、美學與文學。著有《虛構集：哲學工作筆記》、《書寫與影像：法國思想，在地實踐》、《分裂分析福柯》、《分裂分析德勒茲》與《祖父的六抽小櫃》；譯有《消失的美學》、《德勒茲論傅柯》、《德勒茲，存有的喧囂》等。

◉小說作者（依姓名筆畫）

胡淑雯

一九七〇年生，臺北人。著有長篇小說《太陽的血是黑的》；短篇小說《哀豔是童年》；歷史書寫《無法送達的遺書：記那些在恐怖年代失落的人》（主編、合著）。

陳雪

一九七〇年生，臺中人。著有長篇小說《摩天大樓》、《迷宮中的戀人》、《附魔者》、《無人知曉的我》、《陳春天》、《橋上的孩子》、《愛情酒店》、《惡魔的女兒》；短篇小說《她睡著時他最愛她》、《蝴蝶》、《鬼手》、《夢遊1994》、《惡女書》；散文《像我這樣的一個拉子》、《我們都是千瘡百孔的戀人》、《戀愛課：戀人的五十道習題》、《臺妹時光》、《人妻日記》（合著）、《天使熱愛的生活》、《只愛陌生人：峇里島》。

童偉格

一九七七年生，萬里人。著有長篇小說《西北雨》、《無傷時代》；短篇小說《王考》；散文《童話故事》；舞臺劇本《小事》。

黃崇凱

一九八一年生，雲林人。著有長篇小說《文藝春秋》、《黃色小說》、《壞掉的人》、《比冥王星更遠的地方》；短篇小說《靴子腿》。

駱以軍

一九六七年生，臺北人，祖籍安徽無為。著有長篇小說《匡超人》、《女兒》、《西夏旅館》、《我未來次子關於我的回憶》、《遠方》、《遺悲懷》、《月球姓氏》、《第三個舞者》；短篇小說《降生十二星座》、《我們》、《妻夢狗》、《我們自夜闇的酒館離開》、《紅字團》；詩集《棄的故事》；散文《胡人說書》、《肥瘦對寫》（合著）、《願我們的歡樂長留：小兒子2》、《小兒子》、《臉之書》、《經濟大蕭條時期的夢遊街》、《我愛羅》；童話《和小星說童話》等。

顏忠賢

一九六五年生，彰化人。著有長篇小說《三寶西洋鑑》、《寶島大旅社》、《殘念》、《老天使俱樂部》；詩集《世界盡頭》，散文《壞設計達人》、《穿著Vivienne Westwood馬甲的灰姑娘》、《明信片旅行主義》、《時髦讀書機器》、《巴黎與臺北的密談》、《軟城市》、《無深度旅遊指南》、《電影妄想症》；論文集《影像地誌學》、《不在場——顏忠賢空間學論文集》；藝術作品集《軟建築》、《偷偷混亂：一個不前衛藝術家在紐約的一年》、《鬼畫符》、《雲，及其不明飛行物》、《刺身》、《阿賢》、《J-SHOT：我的耶路撒冷陰影》、《J-WALK：我的耶路撒冷症候群》、《遊——一種建築的說書術，或是五回城市的奧德塞》等。

◉評論

潘怡帆

一九七八年生，高雄人。巴黎第十大學哲學博士。專業領域為法國當代哲學及文學理論，現為科技部人文社會科學研究中心博士後研究員。著有《論書寫：莫里斯．布朗肖思想中那不可言明的問題》、〈重複或差異的「寫作」：論郭松棻的〈寫作〉與〈論寫作〉〉等；譯有《論幸福》、《從卡夫卡到卡夫卡》。

字母會——A——未　來

A COMME AVENIR

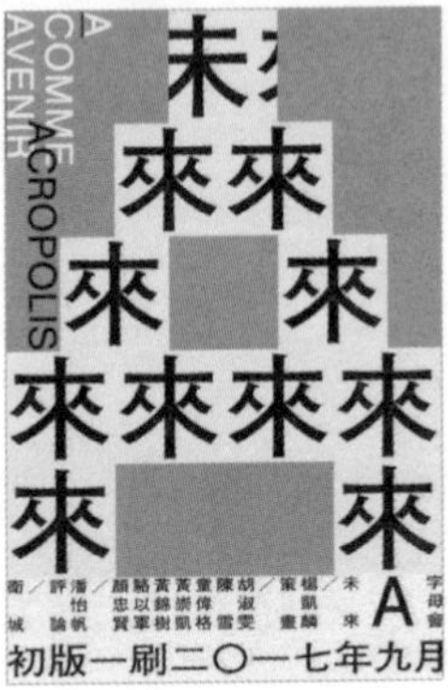

除了面對尚未到來的人民，
不知書寫還能做什麼？

未來意味著與當下的時間差，小說家必須在時間差當中飛躍，以抵達眾人尚未抵達之地。黃錦樹以馬來半島特殊的鬥魚，從物種面臨的殘酷生死中，反應人對死亡的恐懼；陳雪描述生命的故障與修復，有未來的人也是會邁向死亡的人；童偉格描述死亡無法終止記憶，甚至成為一再回溯的萬有引力，陳述人邁向未來之重；胡淑雯以童年的結束，描述未來是如何開始的；顏忠賢筆下的人是在荒謬與無謂的等待狀態中被推向未來；駱以軍以旅館的空間隱喻死後的場所；黃崇凱則將人類移民火星的未來新聞化為事實。

字母會——B——巴洛克
B COMME BAROQUE

一種過度的能量就地凹陷成字的迷宮

迷宮無所不在，無所不是，巴洛克以任一極小且全新的切點，照見世界各種面向，繁複是因為它總是在去而復返，它重來卻總是無法回到原點。童偉格以回覆眼鏡行寄來的一張廣告明信片，建構記憶的迷宮；黃錦樹以一如謎的情報員隱喻殖民地被竊走與被停滯的時間，所有的青年從此只是遲到之人；駱以軍以超商、酒館、社區大學與咖啡館等場所，提取人與人如街景的關係，無關就是相關；陳雪的盲眼按摩師從一個身體讀出一生曾經歷的女性；胡淑雯在一起報社性騷擾事件表露各說各話的癲狂；顏忠賢描述人生就是一齣恐怖與不斷出差錯的舞臺劇，只能又著急又同情；黃崇凱則揭開一場跨年夜企圖破紀錄的約炮接力，在迷宮中的回聲不是對話，而是肉體與肉體的撞擊。

字母會——C——獨　身

C COMME CÉLIBATAIRE

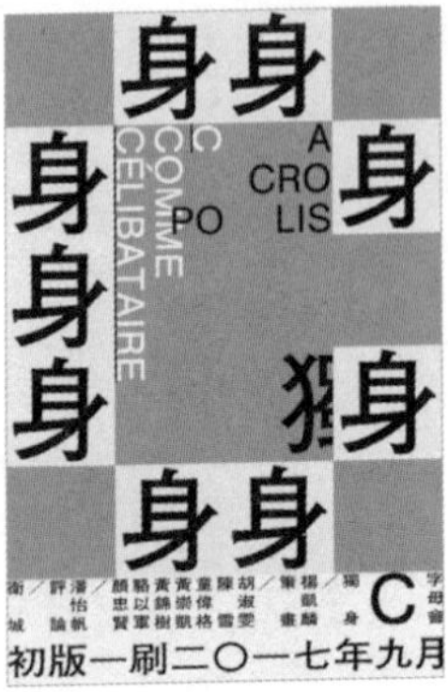

當我們感受到孤獨這個詞要意味什麼，
似乎我們就學到一些關於藝術的事。

文學的冒險，觀照一切孤獨與難以歸類之物，意味著書寫與閱讀的終將孤獨。黃錦樹敘述遁隱深林最後的馬共，戰役過後獨自抱存革命理想；童偉格將一個人拋置於無人值班的旅館；胡淑雯凝視女變男者的崩潰與自我建立；顏忠賢以猶豫接下家傳旅館與廟公之職的年輕人，描述一個很不一樣的天命；駱以軍以如同狗仔隊偷拍的鏡頭，組裝人生一場場難以寫入小說的過場戲；陳雪描寫小說家之孤獨，看著現實人物在他的故事裡闖進又闖出；黃崇凱以香港與臺灣兩個書店老闆的處境，假設一九九七年香港與臺灣同時回歸中國，書店在政治之中成為一個孤獨的場所。

字母會——D——差　異

D COMME DIFFÉRENCE

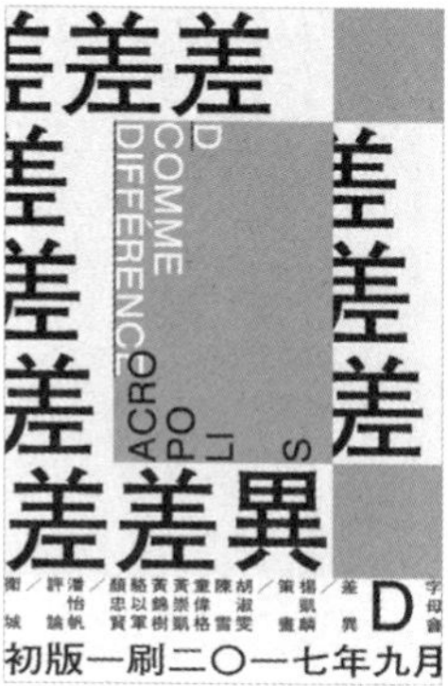

必須相信甚至信仰「有差異，而非沒有」，
那麼書寫才有意義。

差異是文學的最高級形式，差異書寫與書寫差異，使得文學史更像是一部「壞孩子」的歷史。顏忠賢從民間信仰安太歲切入，描繪安於或不安於信仰的心態；陳雪在變性與跨性別者間看見差異與相同；胡淑雯以客觀與主觀兩種口吻，講述同一次性義工經驗；黃崇凱提出電車難題的版本，解答一則主婦與研究生外遇的結局；駱以軍從一對老少配，描述遲暮的女體之幻影如外星偵測；黃錦樹寫革命分子戰爭殘存的斷臂仍書寫歷史不輟，而後蛻化再生；童偉格以最後一個莫拉亞人的經歷，在悲傷的滅絕中仍保持擬人姿態。

字母會——E——事　件

E COMME ÉVÉNEMENT

小說本身便是事件，
小說必須讓自身成為由書寫強勢迫出的語言事件。

小說不是陳述故事，而是透過語言讓事件激烈發生的場域。陳雪以尋找母親，描述一起事件成為生命的ground zero原爆點；童偉格描寫自認為沒有故事的平凡送貨員，卻有著扭轉一生的事件；駱以軍以香港尋人之旅，寫出事件如何製造裂痕導致毀滅；顏忠賢描述瑜珈中心裡罹癌化療、一位如溼婆的女子，思索末世福音的矛盾；胡淑雯在兒童樂園遠足中，揭露專屬兒童的恐懼與壓抑；黃崇凱讓民俗信仰飛出外太空，萬善爺可以當駭客、辦電玩比賽或者去KTV熱唱：黃錦樹以一棵大樹下的祖墳的魔幻事件，見證主角的成人。

字母會——F——虛　構
F COMME FICTION

虛構首先來自語言全新創造的時空，
這是文學抽筋換骨、斷死續生的光之幻術。

虛構不是創造不可見之物，而是可見與不可見之間的戰役，使可見的不可見性被認識，這就是書寫最激進之處。駱以軍以臉書上的「神經病」挑戰記憶的可信度，與讀者共同辯證不可置信故事的真實性；黃崇凱虛構臺灣與吐瓦魯合併下的婚姻，為非常寫實的新移民故事；陳雪讓抑鬱症患者以寫小說拼湊身世，從而看見活過的人生不過是其中一種版本；胡淑雯描述年幼期的跳躍，可能來自一次偶然幾近自我虛構的擾動；顏忠賢講述峇里島魚神帶來的祈求與恐懼，來自於祂在人類腦中放入的一種暗示，信仰有自行啟動虛構的能力；黃錦樹以連環夢境重新編輯時空，夢的虛構也是人類經驗的來源；童偉格以老者的眼光，表白人生如倖存者般，要使曾經歷的一切留存為真。

字母會　G系譜學

L'abécédaire de la littérature:
G comme Généalogie

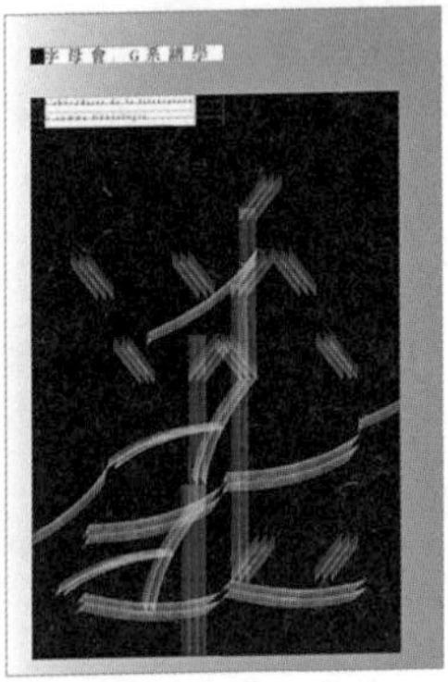

小說家首先是一個系譜學者，
小說書寫等於重新思考小說的起源與誕生。

系譜學講述的不是繼承的故事，字母G是確認更多的差異，以成為小說重新誕生的條件。童偉格以探訪友人新生兒之舉，描寫系譜學所啟動的是記憶與關係的反覆確認。黃崇凱描寫在隔代教養少年，成長到父母意外懷孕生下自己的年歲，如何重新理解父母抉擇與他們的人生。顏忠賢則以孿生姊妹對刺青的態度外顯她們的巨大差異，但仍可靠想像擁有共同的本質。胡淑雯描寫政治犯家庭在夾縫中延續的三代史，從奮鬥求生轉為日常的家庭肥皂劇。駱以軍以一場國中老同學的對話，拼湊出三十年來同代人的交集，與其後成長的變異。陳雪述說兩位繼承者的故事，一位人生落魄的寫手，幫另位背負家族記憶債務與資產的女子代寫傳記，完成後才理解原來那段時光使自己不致自殺。

字母會 H偶然

L'abécédaire de la littérature: H comme Hasard

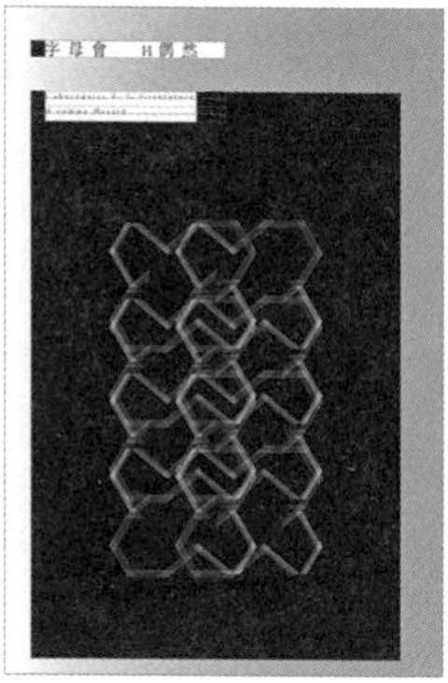

文學因來自域外的力量而存在，
在一切典範之外與各種偶然相遇。

偶然經常以暴力留下印記。字母H拆解諸多偶然埋下的未爆彈，一個人的誕生、形成與消亡都處在這隱然威脅之中。胡淑雯的女性主角追憶一個因ＨＩＶ而過世的朋友，他偶然所遭逢的暴力，使他一生重複以暴行對待自己。陳雪描寫女子被強暴的創痛在漫長時間後，終於不再自我責怪，認知這段經歷只是命運中的偶然。童偉格以父親死訊帶出疏離家庭的兩個偶然事件，母親不告而別及父子三人於安養院團聚，描述家不成家但終究必須是家。顏忠賢描寫與幼時家教日文老師的重逢，得知她未如過去想像中如公主般優雅美好的命運，反而是一生都在反抗命運的偶然。黃崇凱描寫男子的妻子突然變成一棵空氣鳳梨，原來是他老年在意識治療中複習生命史，這份意識卻背叛記憶兀自改寫。駱以軍則以企圖穿越隧道卻隨時可能遭火車撞死的男子，描繪人就是偶然脫離死神之手的美麗存在。

字母會 I 無人稱

L'abécédaire de la littérature:
I comme Impersonnel

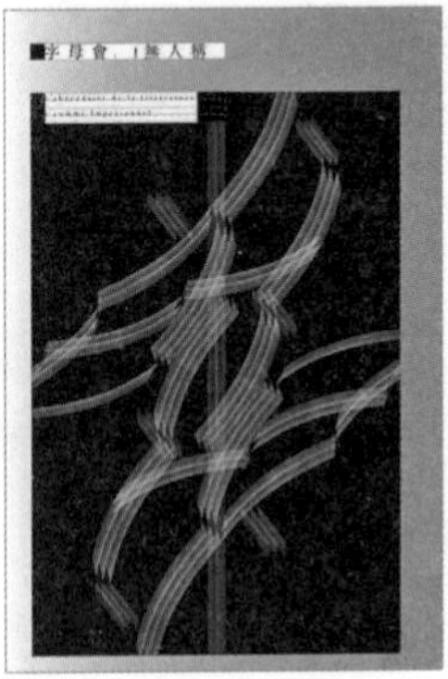

文學是無人稱的，因為它總是在分子的層級發生，在「人」與角色誕生之前便已風起雲湧。

不是你、我、他，亦非你們、我們、他們。字母I渴求對角色、人物的背叛、替代與監禁，藉由無人稱的狀態抵達真正的人。盧郁佳描繪一個失能家庭出身的女孩，拋棄自己的姓名，偷換制服、穿上新的名字，在底層社會依舊茫然生存。陳雪寫一名遭囚禁的女子，日久竟習慣受囚的日子與囚禁者的對待，開始在意識中編造另一個故事版本。童偉格筆下沒有名字的移工為被照護者讀信，並為所讀的信編造故事，在不斷的下一個「我」來臨之前，只剩下故事。駱以軍追尋一份消失的珍貴手稿，因見過手稿的人也一一消失，連帶手稿曾經存在也無人可證。顏忠賢藉由亂轉電視一邊亂聊，展現日常生活各種被激起的無規則思緒。胡淑雯描述主角在大學摯友的葬禮上，發現兩家同為政治受難家庭，但多年後卻記不起摯友的名字。黃崇凱則以臺灣本島東移寓言臺灣人不知所屬的心結與遭架空存在的命運。

字母會 K卡夫卡

L'abécédaire de la littérature: K comme Kafka

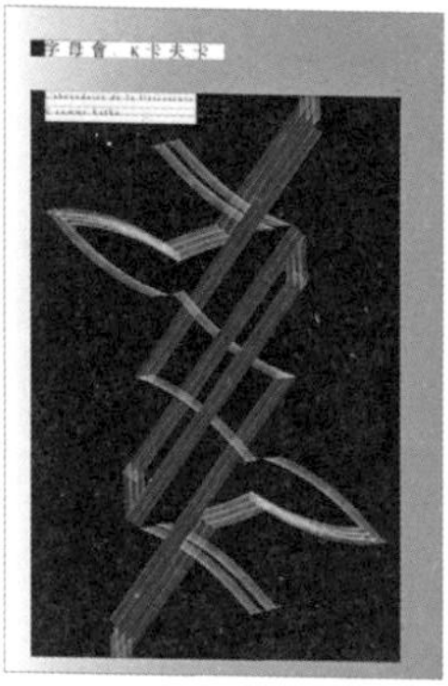

每個字句、情節與故事都被撕扯，並因此成為陌異，文學於是降臨在此不可能的空缺之中。

卡夫卡使人類思考書寫的宿命性，書寫是不可能的，但這同時成為必須書寫的原因，字母K的作品展現這些魔術時刻。駱以軍描述人居住過的住所是記憶的迷宮，以一棟四樓八戶的公寓為舞臺，當中妻子不見了的K，發現妻子已成迷宮的一部分。顏忠賢探討命的荒謬與不可算，主角的姊姊向仙姑拜師算命，對命的貪婪卻只是讓人變成墮入惡夢的怪物。陳雪筆下的作家以寫作治療自己童年的一場惡夢，她變形成鴨子後，要如何再度為人。黃崇凱則以平凡公務員在路上撿到一尾魚開始，描述同志冥婚奇遇。童偉格以獨自看哨的看守員接連精神失常的經過，說明荒謬的不是迷宮，而是對迷宮的忠誠。胡淑雯的連體嬰寓言是人追求獨立必須忍痛砍斷自己的過程。

字母會　L逃逸線

L'abécédaire de la littérature: L comme Ligne de Fuite

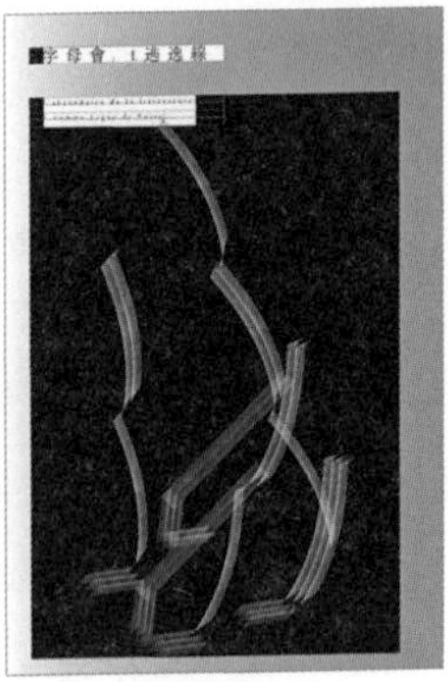

逃逸絲毫不是避世，
而是為了尋獲嶄新的武器。

存在本身即是最大的沉溺，必須逃逸與移動才得以啟動時間，字母L以各種逃逸線畫出人間最奇特的時間地圖。黃崇凱描述一個離婚男子因無聊借閱其他人的人生，參看偽娘者擁有的「正常」家庭生活，質問性別框架與逃逸的可能性。胡淑雯則敘述一個想要變更性別者，必須不被過去追上的逃亡人生。顏忠賢以一個受尿床困擾多年的女性，諷刺童年恐懼之事的結束，卻是人生停滯的開始。陳雪透過一位寫作者同時渴求以形而上的寫作，與形而下的藥物，從疾病中逃離、解脫。駱以軍以同輩作家的葬禮揭開同代人的倖存紀錄。童偉格濃縮村落史詩，隱喻一切歷史皆缺乏起源。

字母會 M死亡

L'abécédaire de la littérature:
M comme Mort

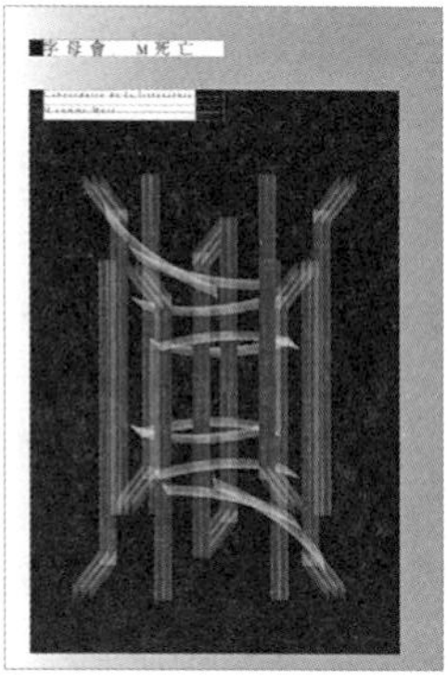

文學則在與虛構與非現實的親緣性上，已是某種「預知死亡記事」。

死亡是終極性的事件，字母M描述必定存在的死亡如何發動一切生存的欲望。胡淑雯描述異卵同胎哥哥在落水死亡後，被死亡重傷的主角因一隻受傷的鳥的生命力，得到生的欲望。陳雪則以母親的服藥身亡，描述死者將占據我們對愛的記憶，甚至不斷附身於活體之人供我們追尋。顏忠賢描繪我們都活在被死亡瞪視的處境，死人變妖怪的不死術，卻使不死比死亡更加恐怖。駱以軍闡述任何書寫都是一本生死簿，文字審判生死也審判真假。童偉格描寫建造擬像包圍家鄉死訊之人，最終面臨可能自己就是迷宮中的怪物彌諾陶洛斯。黃崇凱諷諭文學史是一部與死亡鬥爭的歷史，作家以創作留名抵抗死亡，最後卻是獨留空白的訃聞、遺作等著被變造、換取。

字母LETTER

駱以軍專輯從字母會策畫者楊凱麟以「pastiche」（擬仿）這個詞評論駱以軍開始，駱以軍在字母會的二十六篇小說，證明他是強大的文學變種人，就像孫悟空一樣，可以自行幻化成無數機靈小猴，不只七十二變。德國哲學背景的蔡慶樺則從康德哲學解讀《女兒》，認為絕美的女兒眾神的毀滅，是這個世界正常化的過程，但女兒們還是可以不遭遺棄，得到幸福。我們將在這篇書評深入理解駱以軍的存在論。長達二萬四千字的專訪，駱以軍細談自己的文學啟蒙、如運動員般地自我鍛鍊，以及對文學發展的看法，並提及這三年面臨的生命崩壞。翻譯《西夏旅館》得到英國筆會翻譯獎的辜炳達，則撰文描述他如何從《西夏旅館》讀到了《尤利西斯》，在著迷中一頭栽進翻譯的艱困旅程，他列舉翻譯這本書的五大難題。透過這四個不同角度，期待能全面而完整地透視這位當代重要的華文小說家。

MAN *of* LETTER

n.[c]有著字母的人；有學問者。

LETTER，字母，是語言組成的最小單位；複數時也指文學、學問。透過語言的最小單位，一個人開始認識自己與世界，同時傳達與創造所感所思，所以LETTER也是向世界投遞的信函；《字母LETTER》是一本文學評論雜誌，為喜好文藝的人而存在。

字母LETTER：駱以軍專輯
Vol.1 2017 Sep. 定價150元

陳雪專輯以企畫專題「承認情感匱乏」前導。情感是人的標記，是人與他人關係之源，各種共同體存在可能的基礎，因此不僅是研究者與創作者探究幾千年的重要課題，更是凡人每日所需、所困與追尋一生的命題。蔡慶樺、魏明毅、黃哲斌分別從哲學史、社會心理、網路現象三方角度切入，探討當代社會情感匱乏現象，以深入關照當代人的內在困境，呼應本期「陳雪專輯」。一九九五年因《惡女書》成名而被冠上酷兒作家的陳雪，在二十多年的不斷蛻變中，以著作撐開家庭創傷、愛與性的冒險、同性戀與異性戀的情感追尋與各種被妖魔化的生命。曾經人生如著火入魔的陳雪，二〇一一年與同性伴侶早餐人的婚姻宣告之後，如地獄不空誓不成佛的地藏王，以拉子姿態成為戀愛教主。專輯將以四篇評論與專訪呈現陳雪的追尋之路。字母會策畫者楊凱麟在作家論中以「affect（情感）」為陳雪的關鍵字，評論陳雪是精神與肉身皆升壓的「情感競技」。兩位書評者，王智明以陳雪最新散文集《像我這樣的一個拉子》，評述陳雪如何自白拉子的淬鍊，並從飛蛾撲火的陳雅玲以寫作羽化成蝶，再造自己為小說家陳雪；韋炳達從建築空間與推理文類的發展史，重新定位《摩天大樓》落在世界文學史上的位置。人物評論則由楊美紅撰寫陳雪作品中來自底層的滾動力道。本期專訪則由兩家出版社編輯聯訪陳雪，陳雪將道出如何以文學自我教養，持續書寫所欲捕捉的傷害之內核，及二十多年來寫作的階段性變化，並談及近年寫臉書、散文，以及參與同志運動的想法，陳雪如今已是一個活活潑潑的陳雪。

字母LETTER：陳雪專輯

Vol.2 2017 Dec. 定價250元

字母

12

字母會J賭局

作　者——楊凱麟、黃崇凱、陳雪、胡淑雯、顏忠賢、童偉格、駱以軍、潘怡帆
總 編 輯——莊瑞琳
責任編輯——吳芳碩
行銷企畫——甘彩蓉
封面設計——何佳興
內頁設計——張瑜卿
排　版——宸遠彩藝

社　長——郭重興
發行人兼出版總監——曾大福
出　版——衛城出版／遠足文化事業股份有限公司
發　行——遠足文化事業股份有限公司
地　址——二三一四一　新北市新店區民權路一〇八-二號九樓
電　話——〇二-二二一八一四一七
傳　真——〇二-八六六七一〇六五
客服專線——〇八〇〇-二二一〇二九
法律顧問——華洋國際專利商標事務所　蘇文生律師
製　版——瑞豐電腦製版印刷股份有限公司
初　版——二〇一八年一月
定　價——二八〇元

國家圖書館出版品預行編目資料

字母會J賭局／楊凱麟等作.
－初版.－新北市：衛城出版：遠足文化發行，2018.01
面；　公分.－（字母；12）
ISBN　978-986-95892-6-0（平裝）
857.61　　　106025199

ACRO POLIS 衛城

字 母 會
FACEBOOK

填寫本書
線上回函

● 親愛的讀者你好，非常感謝你購買衛城出版品。
我們非常需要你的意見，請於回函中告訴我們你對此書的意見，
我們會針對你的意見加強改進。

若不方便郵寄回函，歡迎傳真或EMAIL給我們。
傳真電話——02-2218-8057
EMAIL——acropolis@bookrep.com.tw

或上網搜尋「衛城出版FACEBOOK」
http://www.facebook.com/acropolispublish

● 讀者資料

你的性別是 □ 男性 □ 女性 □ 其他

你的職業是 ________________ 你的最高學歷是 ________________

年齡 □ 20 歲以下 □ 21-30 歲 □ 31-40 歲 □ 41-50 歲 □ 51-60 歲 □ 61 歲以上

若你願意留下 e-mail，我們將優先寄送 ________________ 衛城出版相關活動訊息與優惠活動

● 購書資料

● 請問你是從哪裡得知本書出版訊息？（可複選）
□ 實體書店 □ 網路書店 □ 報紙 □ 電視 □ 網路 □ 廣播 □ 雜誌 □ 朋友介紹
□ 參加講座活動 □ 其他 ________

● 是在哪裡購買的呢？（單選）
□ 實體連鎖書店 □ 網路書店 □ 獨立書店 □ 傳統書店 □ 團購 □ 其他 ________

● 讓你燃起購買慾的主要原因是？（可複選）
□ 對此類主題感興趣 □ 參加講座後，覺得好像不賴
□ 覺得書籍設計好美，看起來好有質感！ □ 價格優惠吸引我
□ 議題好熱，好像很多人都在看，我也想知道裡面在寫什麼 □ 其實我沒有買書啦！這是送（借）的
□ 其他 ________

● 如果你覺得這本書還不錯，那它的優點是？（可複選）
□ 內容主題具參考價值 □ 文筆流暢 □ 書籍整體設計優美 □ 價格實在 □ 其他 ________

● 如果你覺得這本書讓你好失望，請務必告訴我們它的缺點（可複選）
□ 內容與想像中不符 □ 文筆不流暢 □ 印刷品質差 □ 版面設計影響閱讀 □ 價格偏高 □ 其他 ________

● 大都經由哪些管道得到書籍出版訊息？（可複選）
□ 實體書店 □ 網路書店 □ 報紙 □ 電視 □ 網路 □ 廣播 □ 親友介紹 □ 圖書館 □ 其他 ________

● 習慣購書的地方是？（可複選）
□ 實體連鎖書店 □ 網路書店 □ 獨立書店 □ 傳統書店 □ 學校團購 □ 其他 ________

● 如果你發現書中錯字或是內文有任何需要改進之處，請不吝給我們指教，我們將於再版時更正錯誤

____
____
____
____
____

廣告回信
板橋郵局登記證
板橋廣字第1139號

請直接投郵•郵資由本公司支付

23141
新北市新店區民權路108-2號9樓

衛城出版 收

● 請沿虛線對折裝訂後寄回，謝謝！

請沿虛線剪下

ACRO POLIS 衛城出版

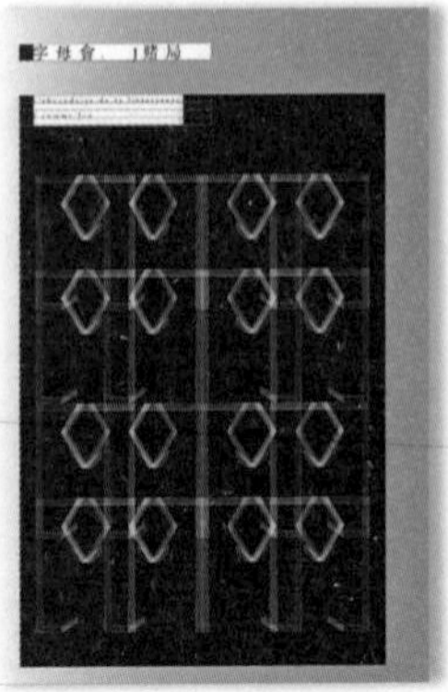